हिन्द पॉकेट बुक्स

पिता दर पिता

रमेश बक्षी का जन्म 15 अगस्त, 1936 को हुआ था। आपने उपन्यास, कहानी, नाटक, कविता, व्यंग्य, बाल साहित्य समेत हिन्दी साहित्य की हरेक विधा में जमकर कलम चलाई है। *हम तिनके*, *किस्से ऊपर किस्सा*, *अट्ठारह सूरज के पौधे*, *बैसाखियों वाली इमारत*, *चलता हुआ लावा*, *खुलेआम* आदि आपके चर्चित उपन्यास हैं। आपने *ज्ञानोदय* (कोलकाता से निकलने वाली मासिक साहित्यिक पत्रिका), *आवेश* (लघु पत्रिका), *शंकर्स वीकली* (साप्ताहिक पत्रिका) का संपादन कार्य भी किया है।

पिता दर पिता

पिता-पुत्र के संपर्कों का नया आयाम
उजागर करने वाली सशक्त कथा-कृति

रमेश बक्षी

हिन्द पॉकेट बुक्स
पेंगुइन रैंडम हाउस इम्प्रिंट

हिन्द पॉकेट बुक्स

यूएसए। कनाडा। यूके। आयरलैंड। ऑस्ट्रेलिया। सिंगापुर
न्यू ज़ीलैंड। भारत। दक्षिण अफ्रीका। चीन

हिन्द पॉकेट बुक्स, पेंगुइन रैंडम हाउस ग्रुप ऑफ़ कम्पनीज़ का हिस्सा है,
जिसका पता global.penguinrandomhouse.com पर मिलेगा

पेंगुइन रैंडम हाउस इंडिया प्रा. लि.,
चौथी मंजिल, कैपिटल टावर -1, एम जी रोड,
गुड़गांव 122 002, हरियाणा, भारत

पेंगुइन
रैंडम हाउस
इंडिया

प्रथम हिन्दी संस्करण हिन्द पॉकेट बुक्स द्वारा 1978 में प्रकाशित
यह हिन्दी संस्करण हिन्द पॉकेट बुक्स में पेंगुइन रैंडम हाउस द्वारा 2022 में प्रकाशित

10 9 8 7 6 5 4 3 2

ISBN 9789353495657

मुद्रकः रेप्रो इंडिया लिमिटेड

www.penguin.co.in

पिता दर पिता

पूरे एक सप्ताह बाद धूप निकली थी। मैंने खाना खा लिया था और सिरहाने हीटर रखकर हाथ सेंक रहा था। खूब मोटे मोजे, खाल के दस्ताने और भारी ओवरकोट पहने होने पर भी मेरे अन्दर से सरदी का कांटा उठ रहा था। उस ठण्डे कांटे के कारण रह-रहकर मैं सिहर उठता था। कटोरी में रखे हुए दांत सामने रखे थे और अपने पोपले मुंह से मैं मसूढ़े सहला रहा था। जिस तरह सब कुछ बीता है और मैं इतना बूढ़ा हो गया हूं, यह सोचकर कई बार खुशी भी होती है। कहां तो यह होता कि मरा होता तो मरे भी तीस साल हो जाते और कहां यह हुआ है कि जीवित हूं तो अपना मरना भी देख लिया और कुर्सियांग के एकान्त में बैठ मैं इतनी शान्ति सहित हाथ सेंक रह हूं कि जैसे उस एक जन्म में ही यह सब नहीं हुआ है, निश्चित ही मेरा यह दूसरा जन्म है। पास से मैंने डायरी उठाई और उसे कहीं भी खोल लिया। एक वाक्य मेरे सामने है—'आज मैं हिन्दुस्तान का सबसे खुश आदमी हूं...।' मैंने डायरी बन्द कर दी। उस तब के जीवन में ऐसे बहुत सारे वाक्य होते थे, जब मैं अकेला निश्शस्त्र लड़ता था, जब मैं एक चाकबार खाकर अपने-आपको सबसे सम्पन्न व्यक्ति समझने लगता था, जब मैं आत्महत्या की तैयारी करके कमरे का पंखा ऑन कर देता था, जब मैं किसीकी आंखों में डूबकर कह देता था—'मुझे तुम चाहिए...।'

ऐसे किसी भी एक छोटे-से वाक्य की तरह वह सारा पहले का जीवन था, लेकिन उस बात को अब तीस साल हो गए। अब मेरी सारी खाल लटक गई है। सारे दांत नकली हैं। कान से बहरा हो गया हूं। बोलता हूं तो मुंह से सीटी बजती है। सारे बाल सफेद...अपनी सफेद दाढ़ी पर हाथ फिराता हूं तो जैसे लोग अकेले में भी ताश खेलते हैं, वैसे मैं अकेले में ही बात करता हूं—'यार, तेरा रंग ही बदल गया... ।'

कई बार अजीब होता है कि मेरे ही अन्दर एक तहखाना खुल जाता है और मैं किसी सुरंग में से कहीं जाने कहां जा पहुंचता हूं—वहां एक-एक बीता हुआ दिन रखा दिखाई देता है, कहीं मैं वाटर गेट पर खड़ा गुज़रती जेटी को देख रहा हूं, कहीं किसी चिड़ियाघर में सफेद शेर मुझे देखकर गुर्रा रहे हैं... । फिर सहसा देवदार की टहनी हिल जाती है या जैसे हमेशा होता है...लपचो जानता है कि मुझे धूप अच्छी लगती है, सो किचन का काम छोड़कर दौड़ा आएगा—'फादर, धूप आया... ।'

मुझे धूप सच ही अच्छी लगती है। लेकिन इस बार पूरी जनवरी बीत गई, कोल्डवेव की जकड़ से फुरसत ही नहीं मिली। बर्फ भी ऐसी गिरी कि अब तक दिख रही है। कई बार सोचा भी कि सरदियों में मुझे बाहर चला जाना चाहिए। डॉक्टर भी बोला था, लेकिन लगता रहा कि कुर्सियांग छोड़कर जाने से समाधि भंग हो जाएगी। कई बार एनी ने ज़िद की है कि कहीं और न जाऊं, लेकिन उसके साथ कहीं आउटिंग के लिए ही चला जाऊं; लेकिन मेरा मन नहीं होता। एक दिन उसने मज़ाक किया था, 'फादर, आपकी अपनी लिटिल हट की बगिया में बैठे देखकर यह लगता है कि इस हिमालय पर से नीचे उतरने का कोई रास्ता नहीं है।' मैं उसका व्यंग्य समझता हूं। या तो हंस देता हूं या यह कह देता हूं, 'एनी बेटी, जो ऊंचाई पर पैदा होते हैं, उन्हें तलहटी में जाने से ब्लडप्रेशर के कम हो जाने का डर रहता है।' वह अधिक ज़िद पर आती तो मेरे दोनों कंधों पर कुहनी चुभाकर मुझे परेशान कर

देती—'कई बार ऐसा लगता है फादर कि आप इसी तरह सफेद रंग की दाढ़ी पहनकर पैदा हुए हैं। जब आपका जन्म हुआ होगा, तब भी आपके चेहरे पर ऐसी ही झुर्रियां होंगी...।'

मैं धूप में बैठा होता तो लपचो अन्दर रखी मेरी दांत की कटोरी उठा लाता था। मैं उत्तर देने से पहले अपने दांत लगा लेता था, 'तुम ठीक ही कहती हो एनी, पूरे कुर्सियां, ही नहीं, उधर सोनादा और फर्रक्खा बांध तक जाकर पूछ लो कि पूरे तीस साल में किसीने मुझमें कभी कोई अन्तर भी देखा है...!' लपचो दो कुल्हड़ में चाय ले आता 'लो बीबीजी!—' जाने क्यों एनी की मेरे नौकर लपचो से पटती ही नहीं। उसका कहना है—'फादर को इस लपचो ने बूढ़ा बनाया है...'

इस समय भी मैं धूप में बैठा हूं और प्रसन्न होकर ऊपर आकाश की तरफ देख रहा हूं। सामने ही गिरजाघर का ऊंचा तीर चमक रहा है। आज दिनों बाद सब कुछ साफ है नहीं तो यहां से चर्च तक का फर्लांग-भर रास्ता भी कई बार धुएं से ढंक जाता रहा है। मैं अखबार उठा लेता हूं। वर्षों हो गए स्टेट्समैन पढ़ते हुए। हज़ारों खबरें मेरे सामने से गुज़र चुकी हैं। पढ़ते समय ठीक से नहीं दिखता है तो तेज़ी के साथ चश्मा ज़रूर साफ करता हूं, लेकिन उत्तेजित नहीं होता। चाहे जो हो जाए, खूब शान्त मन बैठे रहने और आकाश की तरफ देखते रहने की आदत पड़ गई है। गांधी मरे, नेहरू मरे, केनेडी की हत्या हो गई, बाढ़ और भूकम्प से कभी फुर्सत ही नहीं मिलती, लेकिन वे खबरें केवल खबरें ही होती हैं। एक बार पाकिस्तान-आक्रमण के समय एनी ने कहा था, 'हम लोग भी एक फण्ड स्थापित कर लें। मेरी बड़ी इच्छा है कि युद्ध से पीड़ित लोगों के लिए हम भी कुछ भेजें...।' पहले तो मैं चुप लगा गया। दूसरी बार भी जब नहीं बोला तो एनी मेरे सामने आ बैठी थी, 'यह सन्देह होता है फादर कि इस देश से आपका कोई ताल्लुक भी है। यह चर्च, यह तिब्बती शरणार्थियों का स्कूल और लकड़ी के गन्दे तख्तों से बनी यह झोंपड़ी, इसके अलावा

आपकी ज़िन्दगी में कुछ नहीं है। आप न हिन्दुस्तानी हैं, न पाकिस्तानी, न नेपाली, न तिब्बती।'

एनी को कभी-कभी समाज-सुधार के दौरे पड़ते हैं और वह मुझपर आरोप लगाती रहती है कि उसकी ज़िन्दगी समाप्त होती जा रही है। उसके इस वाक्य ने मुझे परेशान किया है। मैंने तब तो सुन लिया था, लेकिन स्कूल से लौटकर बड़ी देर तक अपनी डायरी लिए बैठा रहा था! लिखा था मैंने—'मैं किसी और को अपना नरक सहने के लिए मजबूर नहीं कर सकता। स्कूल और चर्च और कुर्सियांग का पूरा माहौल मेरे लिए अपने प्रायश्चित्त का मिशन है। एनी को बचपन से पाला है, इसलिए यह नहीं सोच पाता हूं कि वह जवान भी हो गई है, लेकिन मैं आज उसे गौर से देखूंगा। अकेलापन मेरा अपना है। कामू ने ठीक ही महसूस किया होगा—आई वाज़ अफ्रेड, अफ्रेड ऑफ बिइंग लोनली एण्ड ऑफ बिइंग परमानेण्ली फिक्स्ड...।' लिखते-लिखते मैंने उस पंक्ति का दूसरा हिस्सा काट दिया था।...'दूर देखा था—देवदार के तीन पेड़ सामने के ढलान पर हैं और उनके पीछे हिमालय की काली लकीर। यहीं से बर्फ-ढंकी चोटियां दिखती हैं, यहीं बैठे-बैठे मैं यह महसूस करता हूं कि पठार से रिश्ता तोड़े पच्चीस साल, तीस साल हो गए। शायद सहसा यह हो गया था कि मेरे चेहरे पर फहरती हुई सफेद दाढ़ी थी। मेरी भौंहों के नीचे काले गड्ढे थे और मेरी कमर झुक गई थी। लपचो किसी दिन दार्जिलिंग गया था और नोरके से झुकी हुई कूबड़वाली स्टिक खरीदकर लाया था। उस बात को भी पन्द्रह से कम वर्ष नहीं हुए होंगे। वह इतना धुंधला हो गया है कि उसे पोंछकर साफ नहीं किया जा सकता। किस कारण और क्यों लगा था तब कि यह सब छोड़कर मुझे चला जाना है, उस सबका कोई लाभ नहीं...लेकिन यह सही है कि मैंने एक दिन भी पीछे लौटकर नहीं देखा। अब कभी देखता भी हूं तो खासा जंगल दिखता है। इतनी गड्मड् लकीरें दिखाई देती हैं कि जिस चीज़ का नाम अतीत है, वह समुद्र के

अतल तल में है जैसे।...

उस दिन एनी को देखा था—खूब भरा-पूरा शरीर, अंग्रेज़ खून और पहाड़ का बचपन। जहां रास्ता नहीं हो, वहां से रास्ता बना लेने वाली नदी का ताब और धूप में सुइयां उठाई हुई शक्ल, अगर देवदार का कोई नारी-रूप हो सकता है तो वह एनी है। मैं उठाईगिरे की तरह कुर्सियांग आया था—एक छोटा-सा बैग और कंधे पर कम्बल। चेहरे को पन्द्रह दिन तक धोया नहीं था और एक के एक कपड़े पहने रहा था। जिस तरह मैं ज़बान तोड़-तोड़कर बोलता था, उसको देखता तो मैं खासा भिखारी लगता था। चर्च का यही ऊंचा तीर तीस साल पहले भी ऐसा ही था। रेवरेण्ड फादर प्रेयर से निकले थे और बहुत खुश थे, क्योंकि सवेरे घूमते हुए फादर को बगीचे के पास एक लड़की मिली थी। फादर ने कहा था—'जिनका कोई नहीं होता, उनका ईश्वर होता है...।' मैंने फादर के सामने घुटने टेक दिए थे—'मेरा भी कोई नहीं है फादर! समझ लीजिए, मैं भी आपको रास्ते में पड़ा हुआ मिला हूं...।' उस दिन से मैं ईसाई हो गया। मुझे बह धर्म अच्छा लगता है, जिसमें एक सही आदमी के फांसी पर चढ़ जाने की कहानी है। ईसा का सलीब पर झूलता हुआ शरीर...मैं एकटक चर्च की तरफ देखता रह गया था।

'क्या नाम है तुम्हारा?'

'मैं उसे छोड़ आया हूं। मेरा नाम आर से शुरू होता है फादर!'

'उठो राबर्ट! ईश्वर नाम नहीं पूछता...।'

फादर भी इसी हट में रहते थे। तब इसमें एक कमरा था। बाद में लपचो ने एक और बना लिया। फिर जब से एनी ने होश संभाला, कमरे बढ़ते ही गए। मैं एक कमरे में रहता हूं, बाकी में एनी रहती है।...यह स्कूल फादर का ही है। यह चर्च भी उन्हींका। मुझे याद है, पहले ही दिन फादर मुझे स्कूल ले गए थे और बच्चों से परिचय कराया था, 'अगर तुम मुझे फादर कहते हो तो यह है राबर्ट—लिटिल फादर।...'

कोई तीन साल मेरी एक ही दिनचर्या रही। सुबह छ: बजे जगना और सिर पर टोपा पहनकर, कमर झुकाए हुए ट्रेन की पटरी-पटरी सोनादा बाज़ार की तरफ कोई दो मील तक टहलने जाना। लौटकर रेवरेण्ड फादर के साथ प्रेयर करना। फिर दस से स्कूल। लंच के समय फादर के लिए ब्रेड पर मैं जेली लगाता था और हम दोनों एकसाथ चार प्याला कॉफी पीते थे। ...एनी का नाम मैंने ही रखा है। यह अतीत के एक हिन्दी नाम का अंग्रेज़ी रूप है, लेकिन सब कुछ ऐसे बदला और उस साल क्रिसमस पर जिस उत्साह से मैंने ईसा का जन्म-दिन मनाया, खुद ही हाथ में झोला लेकर बच्चों को जिस तरह स्वीट्स बांटता रहा, उससे किसीको लगा ही नहीं कि मैं कोई नया क्रिश्चियन हूं...।

मैंने डायरी में लिखा था—'जीवित रहने की सबसे कारगर विधि यह है कि समूचे परिवेश को बदल दो—कपड़े, खाना, धर्म, ज़ुबान, तौर-तरीके भी। या तो ऐसा करने से इतना कष्ट होगा कि फिर अतीत में लौटा जा सकता है या इतना आराम मिलेगा, जैसे वह शहर छोड़ दिया हो, जिसमें परेशानियां थीं...' लिखते-लिखते कई बार लगा है कि मौत और कुछ नहीं है—एक समाप्ति है और यह हमारा ज्ञान है कि मौत किसी भी स्थिति के लिए एक पूर्णविराम बन सकती है, इसलिए हर घबराहटवाली सांघातिकता में फंसा आदमी मर जाना चाहता है या आत्महत्या उसे एक सहारे के रूप में दिखाई देती है, लेकिन जीवित रहने में भले ही चुनाव की सुविधा नहीं हो, समाप्त हो जाने में चुनाव की सुविधा है...

उन दिनों कभी-कभी दार्जिलिंग जाता था। फ्लैट्स में छतनार देवदार के रेलिंग पर टिककर बैठे हुए कई बार मुझे ऐसा लगा है, जैसे मेरे अन्दर भयंकर गर्जना हो रही है और कड़कड़ाहट के साथ बिजली चमकी है। मैंने चमकती हुई आंखों से स्कूल के तिब्बती बच्चों को चूमा है। लॉन में घोड़े की तरह चला हूं और उन्हें कन्धे पर बैठाया है। मैं एक रात रेवरेण्ड फादर से बोला था, 'फादर, मैं आपका शुक्रगुज़ार हूं। सच कहूं, अगर यह

वातावरण मुझे नहीं मिलता तो यह समझ मुझमें नहीं आ पाती कि मरना किसी क्षण से मुक्त होने के लिए ही ज़रूरी है। समाप्त होने से किसीको रोकने की बजाय उसे अगर समाप्त होने के और तरीके सिखा दिए जाएं या उसे चुनाव की सुविधा मिले तो शायद मरने के अलावा भी एक ढंग है, जिससे उस समाप्ति को प्राप्त किया जा सकता है, जो हमारे आराम के लिए ज़रूरी है...।'

'राबर्ट!' रेवरेण्ड फादर की आंखों में आंसू थे, 'शायद तुमने मेरी नब्ज़ पकड़ ली। मैं भी अपने-आपको पूरी तरह से समाप्त करने के लिए ही यू० के० छोड़कर यहां आया था।' हम दोनों ने उस रात इसी लॉन में आकर प्रार्थना की थी। क्रॉस बनाकर जब रात के आकाश की तरफ देखा था तो मुझे ऊपर तारों में एक अजीब तसवीर दिखती रही थी कि टूटी जंगवाले परकार से कोई वृत्त खींचता जा रहा है।

इस एनी को मैंने ही बड़ा किया है। आज यह जिस तरह जवान हो गई है और मैं जितना अधिक बूढ़ा हो गया हूं, इसकी मुझे तब कल्पना ही नहीं थी। तब ऐसा लगता था कि कोई पहाड़ टूटेगा और सारा कुर्सियांग समाप्त हो जाएगा, लेकिन तीस बरस हो गए, न पहाड़ टूटा न प्रलय हुआ।

हां, फादर नहीं रहे। एक रात कहा था फादर ने, 'मुझे यहां रहते बरसों हो गए राबर्ट! यह बना-बनाया चर्च मुझे मिल गया था तो इसकी बैंचों पर बैठकर ही मैंने स्कूल की योजना बनाई थी। यहां भटकते हुए मुझे बुद्ध का परिचय मिला है। कोई और अगर मिलता तो शायद मैं नये सिरे से फिर ज़िन्दगी शुरू कर लेता। लेकिन मुझे हर बात से विरक्ति हो गई। सच राबर्ट, स्कूल खोलकर बच्चे पढ़ाना कोई बड़ा मिशन नहीं है या चर्च जाकर प्रार्थना कर लेना और सरमन की टोन में बात करना कभी भी किसी भी जीवन की उपलब्धि नहीं माना गया। लेकिन अन्दर की तकलीफ का कोई कुछ नहीं कर सकता...।' उस दिन फादर बहुत विचलित थे। बोले, 'आज आओ, इस पादरीपन से अलग ज़िन्दगी

बिताएं...' फादर उठे थे और अपने बिस्तर के नीचे से शराब की बोतल ले आए थे, 'यही ज़िन्दगी थी ना! सबर्ब में मेरा एक पब था और मुझे एक अजीब ख्वाहिश थी। हर रात एक अलग लड़की के साथ रहना...! मेरा सारा पैसा फुंक गया। बीवी भाग गई। उसके साथ भी मैं एक रात से अधिक नहीं रहा। पूरे तीन साल राबर्ट, केवल दो दिन छोड़ दो—एक दिन शराब की जगह टिंक्चर पी लिया था, तब और एक दिन उस लड़की ने आत्महत्या कर ली थी, तब...।'

'लेकिन फादर, आज ही इस कन्फेशन की क्या ज़रूरत पड़ गई...?' मैंने पीने से इन्कार करते कहा था, 'मैं नहीं पीता फादर, और कभी पिऊंगा भी नहीं...। इसकी मुझे ज़रूरत नहीं।'

'राबर्ट, अजीब धार्मिक किस्म का आदमी हूँ मैं। ईसा ने क्रास पर चढ़ जाना सिखाया और बुद्ध ने सोचना। मैं अगर ईसा होता और बुद्ध मुझे मिल जाते तो क्रास कन्धे पर से नीचे ढकेल देता...।'

फादर तमतमाए चेहरे से यह बोले थे, लेकिन ज़ोर से हंस दिए। उनकी हंसी से एनी की नींद टूट गई थी और बात वहीं की वहीं रह गई। एनी तब तीन साल की थी।...रेवरेण्ड फादर एक भागे हुए आदमी थे और हमेशा एक प्रार्थना उनकी ज़बान पर रहती थी:

'फार्गिव देम ओ लॉर्ड फार दे नो नाट व्हाट दे डू...।'।

कौन हैं वे, जिनकी हम ईश्वर से सिफारिश करते हैं कि वह उन्हें क्षमा कर दे जबकि हम खुद उन्हें क्षमा नहीं कर सकते...? मैं जो समझ पाया, वह यह कि फादर एक आम किस्म के कलाल थे इंगलैण्ड में और शराब के नशे में हिन्दुस्तान आए थे। शायद यहां भी औरत ही खोज रहे थे, लेकिन मिला चर्च और स्कूल, और यह मिशन।

'फादर! जो भी घटना हुई हो आपके साथ और आप धार्मिक या अधार्मिक जैसे भी व्यक्ति हों, आप बताइए कि वह कौन-सा खयाल था कि आप अपने देश से सब छोड़-छाड़कर भाग आए...?'

'मैं अपने-आपको समाप्त कर देना चाहता था।' फादर लड़खड़ाने लगे थे।

'तो आपके मन की हो ही गई। किसी पहाड़ पर से नीचे लुढ़को या किसी तलहटी से बूते से बाहर की ऊंचाई पर चढ़ो। अपने शरीर में आग लगा लो या अपनी पूरी ज़िन्दगी में ज़हर घोल दो, ये सब अपने-आपको समाप्त करने के तरीके हैं। विरक्ति, वैराग्य, हठयोग, और मूर्ख पत्नी के साथ सुखी जीवन बिताना सब एक ही अर्थ रखते हैं। केवल एक बात बच जाती है कि आप अपने-आपको कितने बेहतर और डिगनीफाइड तरीके से समाप्त कर लेते हैं... ।'

फादर का सिर मेरे कथन की सहमति में झुका था और झुका का झुका रह गया। यह सामने जो आकाश है, यह सारा का सारा मुझपर टूट पड़ा था। फादर को चर्च के पीछे दफनाया गया है। मेरे लिए वह आदमी सुकरात, नीत्शे, सब कुछ है। मैंने उसकी कब्र पर एरेगॉन का एक वाक्य खुदवाया है—'सो मच क्लाइम्बिंग टु रीच सच ए निगलिजिबल हाइट..।' (ऐसी कुछ ऊंचाई तक पहुंचने के लिए इ-त-ना चढ़ना...!)

जब भी फादर की कब्र से लौटता हूं, मेरे मन में कथन-उपकथन चलने लगते हैं....

'तुम्हारा भी यही अन्त होगा। इस भौतिक दुनिया के सामने तुम सारे अतीत से कटकर ऐसे खड़े हो, जैसे तुम्हारा जन्म ही उस दिन हुआ हो, जिस दिन कुर्सियांग में फादर से मिले थे।'

'यह ठीक भी है, क्योंकि मुझे लगा था कि बार-बार क्रास पर झूलता हुआ आदमी मेरी आंखों के सामने आता रहेगा तो मैं वहां लौटकर नहीं जाऊंगा, जहां लौट जाना बाज़ार में खड़े होकर अपने ही चेहरे पर लोगों को थूकने का निमन्त्रण देना है। मौत नाम की समाप्ति में मैं दर्शक नहीं रह जाता और इस समाप्ति का मैं

दर्शक भी हूं...।'

'और फिर किसी दिन फादर की तरह कन्फेस करना कि हाय, हम कैसे थे...!'

'यह मैं कभी नहीं करूंगा। मैं यह कभी नहीं कहूंगा कि मैं क्या था, मेरे कौन-कौन थे और किस कारण से मैं इतना अलग हो गया। मैं इस अजनबी ज़िन्दगी का जैसे-जैसे निकट अंग बनता जाऊंगा, वैसे-वैसे वह बदतमीज़ आदमी मरता जाएगा, जिससे छुट्टी पाने के लिए मैं आत्महत्या भी करने जा रहा था।'

दो

पहले तीन साल ऐसे थे, जैसे किसीने अन्दर मथनी डाल रखी थी और वह जैसे-जैसे घूमती, मैं चीखने लगता था; लेकिन फादर की मृत्यु के साथ सब शान्त हो गया। एक तरह से स्कूल के सारे काम और चर्च की सफाई से प्रार्थना तक सब ज़िम्मेदारियां मैंने अपने ऊपर ओढ़ ली थीं। एनी की जन्मतिथि मैं मनाया करता था। स्कूल के सारे बच्चों को टॉफी बांटता और एनी को लिए-लिए सारे कुर्सियांग में घूमता रहता। शायद ये ज़िम्मेदारियां ही थीं कि मैं उन सबको भूल गया, जिससे भागकर चला आया था। मैं दिन-ब-दिन अधिक-अधिक प्रसन्न रहने लगा। उन्हीं दिनों कामू की एक किताब आई थी—'कारनेट्स।' मैंने बड़े-बड़े अक्षरों में अपनी डायरी में उसमें से एक उद्धरण लिखा था—'यू मस्ट वाइप आउट आल आर्लियर स्टेजेज एण्ड काण्सेण्ट्रेट आल योर स्ट्रेन्थ, फर्स्ट आफ आल आन फारगेटिंग नथिंग, एण्ड देन आन वेटिंग पेशंटली...।'

यहां इस लिटिल हट के लॉन में बैठे हुए कई बार मैं डर गया हूं कि मेरे ठीक पीछे कोई छांह है और वह चोर-कदमों से मेरी ओर बढ़ रही है।

घूमकर देखा है—कहीं कोई नहीं लेकिन अतीत का कोई टुकड़ा सामने आ गया है। जीवित व्यक्ति मेरे आसपास टहलने लगे हैं। कई बार यह भी हुआ है कि सामने के देवदारों के बीच मेरे अपने तीन-चार घर दिखाई दिए हैं—खिलौने की तरह रखे हुए वहीं कहीं ड्राइंगरूम, वहीं कहीं टेलीफोन, वहीं कहीं कोई ऐतिहासिक बाथरूम...।

ऐसे समय धीरे से उठ जाने की कोशिश की है। वर्तमान ढकेलने से भी जाता नहीं, भविष्य 'नो थ फेअर' का नोटिस नहीं पढ़ता, लेकिन अतीत इतना शीलवान होता है कि अगर ज़ोर से दुत्कार दो तो वाकई चला जाता है। मेरे साथ यही हुआ है। मैं लगातार एनी की देखभाल में लगा रहता। सच तो यह है कि मैं उस चर्च के पादरी और स्कूल के हैडमास्टर से अधिक कहीं एनी का बेबी-सिटर था। कोई आया किसी बच्चे को क्या रखेगी! रात-रात-भर दूध बना-बनाकर इसे पिलाए हैं, इसे छाती से लगाकर सुलाया है। इसे इतना अधिक प्यार किया है कि कोई अपने बच्चे को भी उतना प्यार नहीं कर सकता। शायद एनी के कारण ही वर्तमान इतना सक्षम हो गया था कि मेरे साथ जुड़ा हुआ अतीत पिघलता गया; जमी हुई बर्फ की तरह जो सख्त था, वह एक छोटे-से नाले के रूप में ढलान की तरफ बह गया। उसकी आवाज़ कई बार परेशान कर देती है, लेकिन मुझे कान बन्द करना भी आता है।...

एनी एक दिन स्कूल गई। चाकलेट कलर का कोट और मरून फ्राक पहनकर—ए फार एपिल, नहीं, ए फार एनी। एनी सारे स्कूल पर छा गई, सारे स्कूल पर। कुर्सियांग में स्कूल के बारे में अजीब रिश्ते की बात होती थी। कहा जाता, रेवरेण्ड फादर संन्यासी होकर हिन्दुस्तान आए जबकि वह आदमी इंग्लैण्ड का एक कलाल था, जिसने जवानी-भर खूब ऐश किए, हिन्दुस्तान उसके लिए हज था। हो सकता है कि फादर अगर मृत्यु से पहले वह सब मुझे नहीं बतलाते तो मेरे मन में उनके प्रति कुछ और ही भावना रहती। मैं जो जानता हूं, वह यह कि फादर के कारण किसी लड़की ने

आत्महत्या कर ली थी, और फादर उसपर परदा डालने के लिए पादरी बन गए थे...लेकिन इस तरह सोचना किसीके भी साथ ज़्यादती है। फादर का यह चर्च और स्कूलमय जीवन आसानी से प्राप्त नहीं किया जा सकता...। अब मैं ही हूं...क्या हूं, मैं खुद जानता हूं, यह हो सकता है कि धीरे-धीरे मैं खुद भी भूल जाऊं...। फादर ने तो मरने से पहले कन्फेस भी किया, क्योंकि उनके धर्म ने उन्हें वैसा सिखाया था। उनका धर्म कहता है कि जीते-जी का आत्म-स्वीकार मृत्यु के बाद आत्मा को शान्ति देता है, लेकिन अगर मेरा कोई धर्म है तो वह आत्म-स्वीकार के लिए नहीं कहता। वैसे आत्म-स्वीकार अगर व्यक्ति की अपनी इच्छा भी हो तो उससे मरते समय आराम कैसे मिलेगा? मैंने जीवन में कुछ नहीं छिपाया, मेरी एक-एक बात हर आदमी जानता है, जब आखिरी वक्त कुछ कहने को ही नहीं है तो फिर कन्फेस क्या किया जाए? मेरा अपना इण्टरप्रिटेशन यह है कि इस आत्म-स्वीकार के निस्बत कि जीने के लिए चाहे जैसा योग साधो—झूठ बोलो, बलात्कार करो, खून कर दो...और मरने से पहले कन्फेस करते एक छोटा-सा 'हाय' या 'ओह गॉड' काफी है, सारे पाप धुल जाएंगे...।

मैं फादर का छोटा भाई माना जाता हूं। लोग यह भी कहते हैं कि यह लड़की फादर की नाजायज़ सन्तान है, क्योंकि उस दिन यह लड़की मांस का एक लोथड़ा लग रही थी, लेकिन जब इसके नाक-नक्श तेज़ हुए तो यह साफ-साफ अंग्रेज़ खून निकली है।

दस साल की उम्र तक इसे मैंने बड़ा होते देखा है। दस साल में इसने बोलना सीखा, चलना, दौड़ना, सब कुछ सीख लिया है। मैं कई बार सोचता हूं कि इतनी ही उम्र मेरी भी है। जिस दिन एनी आई थी, उसी दिन से मेरा भी यह जीवन शुरू हुआ है। इतने समय में मैं बूढ़ा हुआ हूं, मैंने हज़ार बातें भूलने की कोशिश की है।...

तीन

एक दिन एनी ने पूछा था, 'एक बात बताइए फादर, क्या मेरे माता-पिता नहीं हैं?'

मैं स्ट्राबेरी छीलता बोला था, 'अगर माता-पिता का होना ही बड़ी चीज़ है तो मुझे दुःख है कि मेरे माता-पिता हैं।'

'नहीं, आप मुझे ठीक-ठीक बताइए...।'

'एनी, क्या मैं जो बतलाऊंगा, उसे सही मान लोगी?'

'हां।'

'तब तो मैं सोचकर बतलाऊंगा, क्योंकि तुम नहीं जानती हो कि तुम क्या हो। तुम्हें नहीं मालूम, तुम्हारा अतीत कैसा था। अब उसे केवल कहानी के रूप में ही सुनना है तो मैं कोई बेहतर कहानी ही सुनाना चाहूंगा...।' मैंने एनी से कुछ और नहीं कहा था, 'अगर तुम मानने को तैयार हो तो मान लो कि मैं ही तुम्हारा पिता हूं और मैं ही तुम्हारी मां भी...।'

'मान लेने से काम नहीं चलेगा। मेरा कहीं कोई नहीं है अगर तो मुझे वैसा जानना चाहिए और आपको बताने में क्या एतराज़ है?'

'मेरे पास एक अनुभव है कि आदमी कभी-कभी अतीत से अलग होना चाहता है इसलिए कि उसमें उसका दम घुटता है।'

'लेकिन आपका जो वर्तमान है...' एनी फूट पड़ी थी और बिखर-बिखरकर रोई थी।

लपचो परेशान था, लेकिन मैं चुप बैठा रहा, हिला-डुला तक नहीं। केवल एनी को ठीक से देखा था। उसका शरीर उभर आया था—खूब भरा बदन और फटती हुई उम्र...।

लपचो को उसने बतलाया, 'मैं लिटिल फादर की स्टुडेण्ट हूं और पास के होस्टल में रहूंगी। अब यह मेरा घर नहीं है...।'

मुझे रात-भर नींद नहीं आई थी केवल इस बात के कारण कि एनी के

मन में अतीत से कटे होने का इतना दुःख है। एक बार सोचा भी कि होस्टल जाकर एनी से कहूं, 'वापस लौट चलो... लेकिन टाल गया। सचमुच एनी एक सुरक्षित नाव में बैठी हुई थी। अब अगर वह खुद जीना चाहती है तो मैं क्यों मना करूं? मेरा अपना दुःख तो यह है ना कि मुझे अपने ढंग से अपना जीवन जीने का मौका नहीं मिला।

एनी स्कूल संभालने लगी। एनी हमेशा खुश रहने लगी। एक दिन कहा था मैंने, 'एनी बेटे, लपचो बोल रहा था कि तुम अच्छा खाना पका लेती हो, किसी दिन मुझे भी खाना खिलाओ ना!'

'ज़रूर फादर!'

उसने अपनी जन्मतिथि पर एक भोज दिया था। स्कूल के बच्चे जब हैप्पी बर्थ-डे बोलने को थे तो उसने सबको शान्त करते हुए कहा था, 'देखो बच्चो, तुम गलत समझे हो। मेरा जन्मदिन यह नहीं, यह तो छोटे पिता का जन्मदिन है।...' बच्चे मुझसे झूम गए थे। यह सच है कि अगर जीवित रूप में प्रकट होने वाली तिथि ही जन्मदिन कहलाती है तो यह मेरा जन्मदिन है, उसी तरह जैसे एनी का। लेकिन एनी ने इस बात को मानने से इनकार कर दिया था। बोली थी, 'मेरा जन्मदिन वही है, जो ईसा का है।'

'आखिर ऐसा क्यों?'

'मेरे भी पिता नहीं हैं।'

'फिर मां कौन है...?'

'यह मुझे मालूम नहीं, क्योंकि मां के नाम की कहीं ज़रूरत नहीं पड़ती, इसलिए मैंने जन्मदिन बदल लिया है...'

सहसा यह वाक्य बोलकर एनी ने गम्भीरता पैदा कर उसे तोड़ने के लिए एक ठहाका लगाया था।

चार

जीवन कहां से शुरू हुआ था और कहां जा पहुंचा! एक रात नींद

नहीं आई। लपचो को बुलाकर कहा मैंने, 'मैं समझ नहीं पाता हूं कि मुझे क्या करना चाहिए। एनी सहसा इतनी बदल गई है कि उसके चेहरे पर वह जड़ता आ गई है, जो किसी नन के चेहरे पर होती है। वह अपने को मार रही है। या तो यह सही है कि वह इस वातावरण से सख्त नफरत करती है या फिर यह बात सही है कि वह किसी बात की प्रतीक्षा कर रही है।'

लपचो मेरा चेहरा देखता रहा था। मैं सोचने लगा कि अभी कुछ दिन पहले ही एनी को मैंने ही कहा था कि वह ब्रेसरी पहना करे। अगर उसकी मां हूं मैं तो यह कहने में कोई शर्म की बात नहीं। अभी केवल कुछ समय पहले ही तो उसे बाथरूम में रोते देखकर मुझे बतलाना पड़ा था कि तुम औरत हो और यह सब स्वाभाविक है।'

सच कहूं, उस दिन एनी को गौर से देखा तो बरबस सालों पीछे फिंक गया था। एनी दार्जिलिंग से अपने लिए कुरता-चूड़ीदार खरीदकर लाई थी। पूछा था उसने, 'कैसी लगती हूं फादर?'

मैं उठ खड़ा हुआ था, 'सो स्वीट एनी...!' मैं उसे देखकर विभोर हो गया था। तीस साल पहले यही सब देखकर या किसीको जवान देखकर या किन्हीं दो लोगों को एक-दूसरे से सटे हुए गुज़रते देखकर एक सांप मुझपर लोट जाता था। वह लॉन में खड़ी थी और मुझे सामने तीन की जगह चार देवदार दिखाई दिए थे। लेकिन तब में और अब में कितना अन्तर आ गया है...एनी को देखकर कितना अच्छा लगता है! मेरे अन्दर कहीं एक पिता है, जैसे वह सोए से जग गया था। शायद आदमी के अन्दर का पति और प्रेमी जवानी के साथ-साथ मरता जाता है, लेकिन पिता अधिक-अधिक ज़िन्दा होता जाता है।

लपचो बोला था, 'फादर, एनी कल कहीं गई थी और मुझे लगता है कि किसीसे उसका प्रेम है...'

स्कूल जाते समय सोचता रहा था, कोई हर्ज नहीं कि एनी शादी कर ले—वह जो भी हो, जैसा भी हो। अगर दोनों चाहें तो स्कूल में रह सकते हैं

और न चाहें तो और कहीं रहें। एनी अगर खुश है तो मैं भी खुश हूं।

उस दिन क्या सूझी मुझे कि सहसा अपनी वसीयत लिखने लगा, 'मैं बहुत बूढ़ा हो गया हूं और मरने से पहले यह सब लिख रहा हूं। यह चर्च और स्कूल एनी का है और एनी का जो भी पति हो, उससे मैं चाहूंगा कि वह इस स्कूल को ज़िन्दा रखे। मेरी लाश को दफनाया नहीं जाए, जला दिया जाए। यह केवल इसलिए कि मैं नहीं चाहता कि मेरा शरीर गल-गलकर समाप्त हो...एकदम समाप्त हो जाए। लाश को डिस्पोज़ आफ कर देना महत्त्वपूर्ण है, शव-संस्कार नहीं...। पता नहीं क्यों लाश को गाड़ देने में यह भावना आती है कि वह आदमी कहीं गड़ा हुआ है जबकि उसे जला देने में लोग अपनी आंखों से देख लेते हैं कि उसके अवशेष भी बाकी नहीं हैं। मैं जो कुछ हूं, वह तीस साल का हूं, उसके पहले एक विराट शून्य है...। वैसे यह मेरी दूसरी मृत्यु है। उस मृत्यु के बारे में मैं यह कह सकता हूं कि तब मुझे पुनर्जन्म याद था कि कौन मेरी पत्नी थी, कौन मेरा बच्चा, किसने मुझे बहुत ऊपर उठाया था, किसने मुझे ऐसे खड्ड में फेंक दिया कि मैं समाप्त हो गया।'

एनी मेरे सामने खड़ी थी, 'फादर, दो दिन की छुट्टी चाहती हूं।'

'क्या बात है एनी बेटे, छुट्टी की बात मुझसे क्यों पूछ रही हो, तुम्हारा स्कूल है यह तो, तुम जैसा ठीक समझो।'

'कलकत्ता में एक कम्पिटीशन है।'

'कैसा कम्पिटीशन है?'

'मिस इण्डिया का। पहली प्रतियोगिता वहीं है।'

'लेकिन...मैं समझता हूं कि ये सब हम लोगों से ताल्लुक रखने वाली बातें नहीं हैं।'

'शायद आपसे ताल्लुक नहीं रखती, लेकिन मुझसे रखती हैं।'

'तुम्हारे मन में क्या है एनी...?' मैं टहलने लगा था। मुझे यह स्पष्ट लगा कि यह जो कह रही है, वह बहाना है, उसका असलियत से कोई सम्बन्ध नहीं।

'फादर, मुझे जाने दीजिए।' एनी की आंखों में जाने कैसा रोष था। मुझे लगा कि यह अपने प्रेम की बात मुझसे छिपाना चाहती है। मन हुआ कि इसकी भलाई के लिए इसे डांट देना चाहिए, लेकिन सहसा डर गया। ज़रा देर पहले मैं अपने-आपको उस पिता के रूप में देख रहा था, जो अपनी सन्तान के लिए चाहे जो कर सकता है और ज़रा देर में ही मैं वह पिता हो गया था, जो अपनी बेटी की इच्छाओं पर नाखून भी लगा सकता है।

'सुनो एनी, इस तरह मैं तुम्हें नहीं जाने दूंगा। मुझमें और तुममें कुछ दिनों से जो तनाव चल रहा है, मैं उसकी तारीफ कर रहा हूं। मैं भी बेटे, एण्टीपेरेण्टल रहा हूं। अपने मां-बाप से केवल घृणा की है मैंने और अगर तुम भी वैसा ही करो और मेरे प्रति अगर नफरत पैदा हो गई है तुममें तो उसे मुझ बतलाओ।' मैंने एनी को कन्धे पकड़कर कुर्सी पर बैठा दिया था, 'अब बोलो। देखो, पिता कई तरह के होते हैं। ऐसे राक्षस भी होते हैं कुछ कि जो अपने-आपको ही देखते हैं, और वे कुछ नहीं देखते। उनकी जगह अगर मैं हूं तो एनी, मुझे तुम्हारी हरकतें देखकर कमरे में बन्द कर देना चाहिए। उत्तजित मत होना एनी, क्योंकि मैं वैसा हिन्दुस्तानी पिता नहीं हूं। मैं जानता हूं, मुश्किल से एक-दो बरसा और चलूंगा, फिर समाप्त। जीना तुम्हें हैं, ज़िन्दगी तुम्हें बनाना है। तुमने छोटे पिता को कभी गौर से नहीं देखा, लेकिन सच कहूं, मेरे कमज़ोर शरीर की शिरा-शिरा से तुम्हारे लिए आशीर्वाद फूटते हैं...।'

एनी ने सिर झुका लिया था और फूट-फूटकर रोने लगी थी। मैंने उसे रोने से रोका नहीं।

'एनी, अगर किसीसे प्रेम हो और तुम्हें यह लगे कि उसके साथ रहो तो इस चर्च में कभी तो खुशी की घण्टियां बजने दो...।'

'फादर!' वह बोलने को हुई, लेकिन अन्दर की सिसकी से फिर बिखर गई।

'बोलने की कोशिश करो एनी'!' मैं विभोर होकर बोला था, 'बड़ी मुश्किल से पिता होने का मौका मिला है। मैं दावे के साथ कहता हूं कि यह लिटिल हट, चर्च और स्कूल सबको मैं दांव पर लगा सकता हूं केवल तुम्हारे लिए...आज मेरे सामने वह समय आया है कि मैं उस पिता का अपमान कर सकूं, जो परम्परा से सपनों के खिलाफ है...'

एनी ने आंखें पोंछ ली थीं, 'एक ही वाक्य बोलना चाहती हूं फादर कि वे कोई और लोग होते हैं, जिनकी ज़िन्दगी में कोई होता है, जिसके लिए जिया-मरा जाता है। मुझे तो कभी किसीने चाहा नहीं और इसीलिए मैं उस जगह जाना चाहती थी, जहां कई लोग मुझे देख सकें...।'

'एनी!' मैं ज़ोर से बोला था। जी हुआ था कि उठकर जाऊं और उन तीनों देवदारों को अपने पंजों में भींचकर तोड़ डालूं। मैं बैठ नहीं पा रहा था। अभी ज़रा देर पहले एक परम्परागत पिता के खिलाफ खड़ा हुआ था और चाहता था कि बता सकूं इस व्यवस्था-प्रिय समाज को कि पिता किसे कहते हैं और बात की बात में मैं फिर उसी जानलेवा स्थिति में पहुंच गया था कि जिससे भागने के लिए मैं एक दिन चीखने लगा था।—सच कहती हो एनी!—मेरे अन्दर कोई रोने लगा—किसीने कभी प्यार नहीं किया। कभी ऐसा नहीं लगा जीवन में कि उठो यार, किसी बगीचे में घूम आएं...। एनी कितना बड़ा सच बोली है आज...एक बीस साल की लड़की को यह दुःख है कि वह अकेली है और दूर तक इस हिमालय की बर्फ के कुछ और नहीं।

'एनी, ईश्वर में विश्वास रखो, एक दिन तुम्हारा होगा... प्रतीक्षा केवल एक कारण से अच्छी होती है कि उसमें कोई न कोई अनदेखी बात रहती है। उठो एनी, तुमने बहुत जल्दी बहुत बड़े सच को देखा है, उस सच की कद्र करो...।' हम दोनों उठ गए थे, लेकिन मेरे अन्दर के एक आदमी ने मुझे थप्पड़ मार दिया था। मैं वह आदमी हूं, जो ईश्वर में और प्रतीक्षाओं में और सहानुभूतियों में विश्वास नहीं करता...

पांच

कॉफी एनी ने बनाई थी। शायद रो लेने से उसका मन शांत हो गया था। वह उदास ज़रूर थी, लेकिन परेशान नहीं। लपचो ने आकर गम्भीरता तोड़ी थी। वह बहुत सारे फूल ले आया था, 'फादर, सुखी-दुखी आदमी ही होता है, ये फूल कभी दुखी नहीं होते।'

एनी हंस दी थी, 'क्या ऐसा नहीं लगता फादर कि कुर्सियांग की यह जगह हमें बौना करती जा रही है...?'

'बेटे, सबके अनुभव अलग-अलग होते हैं न!'

'जी फादर! तो आपके अनुभव...'

'मुझे इस जगह ने ऊंचाई दी है, सच्ची कहूं, पहले था मैं बौना, अब तो मैं इतना ऊंचा उठ गया हूं कि मुझे यहां खड़े हुए सारा मैदान और सारा पठार दिखाई दे रहा है।'

मैंने एनी की तरफ देखा था, वह चुप थी।

जैसा खालीपन मैंने अपनी जवानी में महसूस किया है, उसकी बात नहीं करना चाहता; लेकिन तब जैसे-जैसे मैं भटका हूं और विचलित रहा हूं, वह सहन करने के समय तो भयंकर था, लेकिन अब उस सबसे तीस साल दूर आकर देखता हूं तो लगता है कि वे दुःख कुछ नहीं थे...।

एनी ने मुझे पकड़ लिया, 'आपने कभी बताया नहीं फादर, आप बताइए ना, आपके पैरेण्ट्स कहां थे? आपने प्रेम किया था क्या? शादी भी की थी क्या? आपके बच्चे भी थे क्या?'

'क्षमा करो एनी, यह सब भूल गया। मैं जिस दिन यहां फादर को मिला हूं, वहीं से मैं शुरू हुआ हूं...'

'यह मैं मान ही नहीं सकती।' एनी ज़िद पर आकर बोली थी।

'कुछ होता नहीं उस सब बीते हुए को याद करने से या उसे भूलने से...'

'मैं तो केवल यह जानना चाहती हूं फादर कि आपके भूलने वाली टेकनिक का क्या मैं भी इस्तेमाल कर सकती हूं?'

मैंने हंसकर कहा, 'लेकिन भूलने के लिए तुम्हारे पास कुछ हो तो। मेरे पास दुर्घटनाएं थी, बदनसीबियां थीं और यह भी कि मेरे कारण बहुत सारे लोग तकलीफ में फंस गए थे। मैं असहाय हो गया था। जानता हूं, मैं बेहद नीच आदमी था, घटिया और ऐसी हरकत करने वाला, जिसे सहन नहीं कर सकता कोई...'

'क्या आपने किसीका खून कर दिया?'

'खून तो नहीं, लेकिन जो किया, मैं समझता हूं, वह खून करने भी हद दरजे की नीच हरकत है कि...'

एनी मेरी तरफ देख रही थी और उसकी भूरी आंखें देखते ही मैं संभल गया गया, 'सॉरी एनी!'

'बोलिए ना फादर, आप बोलिए तो...'

'मैं सब कुछ भूल गया एनी, मैं सब कुछ भूल गया...'

एनी ने मेरे कंधे झिंझोड़ दिए, लेकिन मैं चुप बठा रहा। एकदम जड़ हो गया। एनी हारकर फिर मेरे सामने बैठ गई, 'फादर, मैं भी जो भूलना चाहती हूं न, वह है यह कुर्सियांग, यह चर्च यह बाइबल...मेरा दम घुटता है फादर इससे...।'

मैंने अपने-आपको अतीत में गिरने से बचा लिया था। उठा और बोला, 'एनी, तुम शादी कर लो, फिर वह दुनिया जसी भी हो, तुम्हें सुख देगी...।'

बोलने को तो बोल गया, लेकिन यह लगा कि जिस रास्ते पर मेरे पैर फिसले हैं, उस रास्ते पर चलने की सलाह मैंने एनी को दी है।

एनी उठकर जाने लगी, 'आपने एक बार कहा था फादर कि जो शादी करते हैं, वे अपने-आपके साथ मज़ाक करते हैं।'

'कोई हर्ज नहीं। ज़िन्दा रहने के लिए मज़ाक भी जरूरी है...।'

जिनके हाथ-पैरों में कभी मोच आई हो—वे इस बात को जान सकेंगे कि ठण्डे दिनों सोया हुआ दर्द कैसे जगता है और कैसे हम प्रार्थना करने लगते हैं कि किसी भी तरह उस कष्ट में से हम गुज़र लें, किसी भी तरह वह उठी हुई तकलीफ समाप्त हो ले। मैंने रात बहुत मुश्किल में काटी। जो लगता रहा, वह था कि एक अतीत ऐसा है मेरे पास, जिससे मुक्त होने के लिए मैं सारी दुनिया से कटकर कुर्सियांग भाग आया और एक ऐसा जीवन जीने लगा, जिसका उस अतीत से कोई सम्बन्ध नहीं है। मरने की जगह मैंने इस तरह ईसाई होकर एक दूसरा जीवन चुना कि उस पहले जीवन के सदमे इस बदले हुए जीवन में न हों, लेकिन एनी को लेकर यहां मैं जितना परेशान हूं, शायद वैसी परेशानी मेरे उस जीवन में भी नहीं थी।

उस रात मैंने दो-तीन बार लपचो को पुकारा। पता नहीं उससे क्या पूछना चाहता था, लेकिन यह ज़रूर लगा कि हो सकता है, एक-दो दिन में एनी भाग जाए। पास के जंगल से जाने कैसी-कैसी आवाज़ें आती रही थीं और यह साफ लगा मुझे कि एक-दो दिन बाद नहीं, आज रात ही एनी भाग जाएगी। अपने अन्दर के पितृत्व से मैं प्रश्न करता रहा कि क्या तुम भी एक आम भारतीय पिता की तरह एनी के भाग जाने को अपनी सामाजिक प्रतिष्ठा के साथ विश्वासघात समझोगे? या तो प्रश्न भारी था या अपने अतीत से अलग स्थिति को देखने की ख्वाहिश थी कि मैंने अपने-आपको एनी के भाग जाने की खबर को सुनने के लिए तैयार पाया।

सुबह कॉफी का मग हाथ में लेकर मैं सोचता रहा कि कोई न कोई खबर अभी मिल जाएगी। लपचो तभी आया था और बोला, 'आज सवेरे-सवेरे एनी आई है।' एनी सामने थी। मैंने उसे कॉफी दी थी। वह संक्षिप्त में बोली, 'फादर, आज रात मैंने एक निर्णय लिया है।'

मैंने खुश दिखने की कोशिश की, 'दैट्स गुड एनी! मुझे खुशी है कि तुम सोच-समझ के बाद आज निर्णय पर पहुंच सकी हो।'

'हां फादर! मैंने दो बातें सोची हैं। पहली यह कि शादी कर लूं, फिर

भले ही वह मजाक हो।'

'वह तो मैं यू ही बोला था। शादी-ब्याह के कुछ कड़ुवे अनुभव हैं मुझे, इसीसे वैसी बातें बोल गया था। शादी वाकई उम्र और अपने व्यक्तित्व के लिए भी ज़रूरी होती है। वह तो एक किस्म की पूर्णता है एनी! कौन जवान आदमी शादी नहीं करना चाहेगा...तुम नहीं जानती हो, मेरे जीवन का सबसे बड़ा फ्रस्ट्रेशन यह भी तो है कि कभी ऐसा कोई नहीं मिला, जो मेरे समूचे व्यक्ति को अण्डरस्टैण्ड कर पाता।' मैं अपने बूढ़े सिर को हिला-हिलाकर बोल रहा था, 'एनी, मुझे देखो, मैं अकेले रहने के कारण कितना मनहूस हो गया हूं! यह बुढ़ापा अब मेरे लिए सहारा हो गया, नहीं तो जब तक युवा था एनी, एक किसी की तलाश में ही सारे गर्म दिन बीत गए...।'

'जी फादर,' एनी बोली थी, 'मेरे मन में तो खाली जिज्ञासा है कि देखें तो उसमें क्या होता है! हो सकता है, मेच्यौर होने पर आप जैसा फ्रस्ट्रेशन भी आए ...'

'ना मेरे बेटे,' मेरी आंखें भीग आई थीं, 'तुम हमेशा खुश रहो। मैं चाहता हूं, जितनी जगहों पर मैं हारा हूं, उन सब जगहों पर तुम्हारी जीत हो...' एनी ने मेरे कंधे थाम लिए थे। जानता था कि वह आई थी जो कहने, वह बिखर गया था, सो मैंने ही पूछा, 'तुमने कहा था, दो बातें सोची हैं...'

'दूसरी यह कि खुद को समाप्त कर लिया जाए।'

'क्या बोलीं तुम?' मैं परेशान हो गया था, 'एनी, क्या इन दोनों बातों का एक-दूसरे से कोई ताल्लुक भी है?'

एनी सिर झुकाए खड़ी रही। जो बोली, वह यह, 'हां फादर, ये दो बातें ही एक-दूसरे से सम्बन्ध रखती हैं।'

मैंने दरवाज़ा खोला और बाहर लॉन में आ गया। सामने के देवदारों की तरफ देखकर यह लगा कि मैंने अपने अकेलेपन, अपने खालीपन और अपनी मनहूसियत को ऐसा फैला लिया है कि उसकी छांह में कोई पौधा जन्म नहीं लेता।

'परेशान मत होइए फादर!' एनी भी बाहर आ गई थी, 'मैं कोई बच्चा नहीं हूं। जो कुछ कहा है मैंने, सोच समझकर कहा है...'

'तुम नहीं जानतीं एनी, कल रात मैं यह भी सोचता रहा था कि अगर सवेरे जगकर मुझे लपचो यह बताएगा कि तुम किसीके साथ भाग गई हो तो मैं कतई परेशान नहीं होऊंगा, बल्कि प्रार्थना करूंगा कि तुम जहां भी रहो, खुश रहो...'

एनी ने मुझे रोक दिया, 'फादर, अन्दर चलिए, सर्दी लग जाएगी...।'

हम दोनों अन्दर आ गए थे।

लपचो फिर कॉफी रख गया था। मैं चुप और मेरे सामने एक धुंधली दुनिया कि कोई दो कहीं भाग जाना चाहते हैं। एनी का उदास चेहरा, जो अपने-आपको समाप्त कर लेना चाहती है। बरसों बाद लगा कि ये ही सब हमारे अन्त थे और यह सोचकर सहसा क्रान्ति-सी घुमड़ आई मन में कि चाहे जो हो, एनी की ज़िन्दगी बौनी न हो, यह समाप्त न हो।

'तो...'

'मैंने इन्तज़ाम कर लिया है फादर! कल हम लोग टाइगर हिल चलेंगे और वहां से सूर्योदय देखेंगे। उतने ऊंचे पहुंचकर फादर, चार बजे सवेरे सूरज को उगते देखकर अच्छा लगेगा। वहीं मैं आपको बतला दूंगी कि मैं क्या करना चाहती हूं।'

'बेहतर है। तुम अपने फियान्सी को भी साथ ले लो।'

एनी इतनी खुश होकर उठी थी कि मैंने उसे उतना खुश कभी नहीं देखा।

सहसा धूप खिल आई थी और आदत के अनुसार लपचो दौड़ा आया था, 'फादर, धूप आया।'

यह लग गया था कि अब नींद नहीं ही आने को है। ऐसा ही तीस साल पहले भी होता था। शामें जहां-तहां काटकर जब डेरे पर पहुंचता था तो

समझ नहीं पड़ता था कि क्या करना है। उस सबसे बचने के लिए मैंने नींद की गोलियां खाना शुरू कर दिया था। तरह-तरह के प्रेस्क्रिप्शन मेरे पास थे और तरह-तरह की गोलियां मैं इकट्ठी किए रहता था। तब एक दिन ऐसा भी आया था कि उन गोलियों ने असर करना बंद कर दिया था। तभी मैंने तय किया था कि ऐसे जीने से कुछ और कर लेना बेहतर होगा। अगर ज़रा-सा खुशी है तो नींद गायब, अगर ज़रा-सी परेशानी है तो आंखें बन्द नहीं होतीं। यहां तक हुआ है कि सिरहाने रखी घड़ी भी चुभने लगी है। अपने अन्दर के अकेलेपन से भागकर शराब के गिलास में डूब जाने के अलावा कोई और सहारा था नहीं। एक दिन चलते-चलते थक गया था और यह राज़ हाथ लगा था कि किसी दिन हो सकता है, मैं बिलकुल थक जाऊं। तब शायद कोई परेशानी नहीं रहेगी। बात यह है कि जब तक सुबह का इन्तज़ार और पिछली शाम का वर्तमान मुझमें से अलग नहीं होगा, तब तक अनिद्रा जाने को नहीं। लेकिन कुर्सियांग आकर एक ऐसे परम सन्तोष के रूप में मेरा विकास हुआ है कि मुझे खुद आश्चर्य है। समस्याएं जो आती हैं, वे कोई मतलब ही नहीं रखतीं। कम के कम पूंजी में यह स्कूल चलता है। पहले फादर के समय कुछ कठिनाइयां थीं, क्योंकि लोग इसे धार्मिक संस्था न समझते थे और एकआध बार कुर्सियांग के शाहों से कहा-सुनी भी हो गई थी; लेकिन एक दिन सहसा यह आया कि हमारा स्कूल और प्रार्थना-घर तिब्बत से भागकर आए शरणार्थियों के लिए आश्रय हो गया। उन भागे हुए मेहमानों से जब मैंने बात की तो पाया कि वे शरीर से समर्थ हैं और हिन्दुस्तान इतना प्यारा देश है कि कैसे भी सह लेंगे तकलीफ, लेकिन बच्चों का क्या होगा? यह मेरा निर्णय था—'जितने बच्चे पांच साल के हैं या उनसे अधिक उम्र के हैं, वे इस स्कूल में पढ़ेंगे...'

छः

मैंने एक दिन गौर से देखा था अपने स्कूल को। लाल रंग से पुते उस छोटे-से हाते में फूल ही फूल थे। छोटी-छोटी आंखों वाले, दिखाई न दे ऐसी नाक वाले, साफ, सफेद रंग के मांसल बच्चे। इस एनी ने बच्चों के लिए एक गीत लिखा था। गीत क्या, एक पैरोडी है—ट्विंकल-ट्विंकल लिटिल फादर। मैं सुनता था तो मन को खूब अच्छा लगता था। मैं बच्चों के लिए छोटी-छोटी कहानियां लिखता—'वन्स अपान ए टाइम देअर वाज़...' और मैं बच्चों के नाम डाल देता था उस कहानी में। एनी खूब अच्छा गा लेती थी उन दिनों। जहां नींद की गोलियां हार गई हैं, वहां लगातार व्यस्त दिनचर्या ने मेरा उपचार किया है।...

रात को सोते समय मेरी प्रार्थना गद्य में होती थी। आश्चर्य करेंगे लोग कि स्कूल का फादर ईश्वर के नाम प्रार्थना नहीं करता था। गिने-चुने शब्द ये थे—'मेरे जीवन में बहुत लोग आए हैं और उनसे मेरे तरह-तरह के रिश्ते रहे हैं—मैं उनका प्रेमी, पति, पुत्र, पिता, सब कुछ रहा हूं। अपने जीवन के सीधे युद्ध में अपनी समझ सहित मैंने लोगों को दुत्कारा है, अपने निकट से निकट व्यक्ति के चरित्र पर लांछन लगाए हैं। यहां तक कह सकता हूं, जो कुछ मैंने किया, वह किसी खुनी अपराधी के कार्य से कम भयानक नहीं रहा है। जब मैंने वैसा किया था, अपनी बुद्धि से मैं सहमत था। मेरे क्रोध जायज़ थे, गेरा एक्शन सही था, लेकिन तब मैं अपने जीवन के दो-चार दिनों की सीमा में ही सारी दुनिया को देखता था। यदि किसी लड़की से प्यार हुआ है तो मुझे उसे साफ-साफ ज़ाहिर कर देने में कुछ मिनट से अधिक देर नहीं लगती थी और अगर किसीको मैंने गलत समझा है तो दुःख मैंने मन में नहीं पाले हैं, सब कुछ बेबाक कर दिया है, लेकिन आज का प्रायश्चित्त अशोक और अर्जुन का प्रायश्चित्त

है—मैं आज कह सकता हूं कि युद्ध नाम की चीज़ के खिलाफ होना और तर्क करके किसी युद्ध को जायज़ कहते हुए लड़ाई लड़ना दो अलग बातें हैं। शायद बूढ़ा हो जाने के कारण ऐसी बातें करने लगा हूं, लेकिन अगर किसी भी तरह केवल दो दिन के लिए मेरी उम्र पच्चीस-तीस वर्ष हो सकती है तो मैं इस तरह जीकर बतला सकता हूं कि...।' प्रार्थना करते हुए कई बार आंख में एक बे-मालूम किस्म का आंसू आया है और अपने-आपपर दुःख भी हुआ है। अपनी प्रार्थना की भाषा के प्रति मैं रोया हूं। वे लम्बी-लम्बी प्रार्थनाएं, जिनमें मेरे दोनों हाथ जुड़ जाते थे। जब मैं दोनों हथेलियां फैलाकर अपने सामने की लकीरों पर अपनी उस इमारत का नक्शा देखता था, जो बनते-बनते रह गई तो उस समूचे नक्शे से अपना-चेहरा ढंक लेता था—'वे सब जो जहां जीवित हों, खुश रहें। मेरी उम्र का कुछ हिस्सा उनके काम आए। यदि मैंने उन्हें कष्ट दिया है या मेरे कारण उन्हें तकलीफों की कंटीली घाटियों में से गुज़रना पड़ा है तो मेरा यह कंकाल शरीर साक्षी है कि किसी सुख के पीछे मैं नहीं भागा हूं, हमेशा अपने से अलग खड़े होकर अपने ही शव-संस्कार को देखा है। ना, मैंने यह नहीं कहा कि मुझे कोई नरक मिले। हां, जीते जी किसी सज़ा से इनकार नहीं किया...।'

यह स्वगत कथन मेरे जीवित रहने का बड़ा सहारा बन गया था। यह प्रार्थना जो भी हो, इसने मुझे आराम दिया है। मैं नहीं जानता कि यह प्रार्थना किसी तक पहुंचती भी होगी, लेकिन यह सही है यह प्रार्थना बहुत सहज मेरे अन्दर के उस द्वीप में जन्मी है, जो मेरी भावुकता और मेरी बुद्धि दोनों का सबसे कोमल स्थान रहा है...।

ऐसी ही लम्बी प्रार्थना एनी द्वारा निर्धारित कल से पहले की थी मैंने। किसी सपने का प्रश्न ही नहीं उठा, लेकिन एक बात ज़रूर लगती रही कि कुछ बीती हुई स्थितियां मेरे सामने आने लगीं। मुझे यह लगने लगा कि तब मैंने जो किया, वह अनुचित था और अपनी समाप्ति के दर्शन में से निकले

हुए सिद्धान्त काम नहीं आ रहे हैं। एनी की समस्या ऐसी नहीं कि जिससे मैं अपरिचित रहा हूं, लेकिन मैंने कभी न जाना था कि समस्याके इतने पहलू हो सकते हैं। जो लगा वह यह कि समस्या एक ऐसी पहेली है, जिसके हल हर दो साल बाद बदल जाते हैं और जिस व्यक्ति को अनुभवी कहा जाता है, वह बूढ़ा और आउट ऑफ डेट साबित हो जाता है। एनी का हल अनुभवहीन है, लेकिन आज का है और सही भी। कुछ समय बाद पहेली जहां की तहां रहेगी, लेकिन हल बदल जाएगा। जैसे मेरे सिद्धान्त एनी के लिए पुराने हैं, वैसे ही एनी के सिद्धान्त किसी दूसरी एनी के काम नहीं आएंगे। उस रात मेरी प्रार्थना का आखिरी वाक्य था—'मैं अपने अनुभव से दूर जाकर भी उस सत्य को स्वीकार करूंगा, जो वर्तमान का है। भले ही मेरा अनुभव कोई मतलब नहीं रखे, लेकिन प्राप्त ज्ञान मेरे व्यक्तित्व का पूरक ज़रूर होगा।'

सात

सवेरे तीन बजे उठ बैठा था और सिर पर टोपा पहन लिया था। एक और कम्बल निकाल लिया कि साथ रख लूंगा। लपचो को पुकारकर कहा कि थर्मस-भर कॉफी बना दे। उस ठण्डी रात के अंधेरे में जो लगा, वह यह कि आदमी को परफेक्ट बनने के लिए वृद्ध होना आवश्यक नहीं है, आदमी को सही होने के लिए किसी स्थिति का ज्ञान होना फिज़ूल है, वर्तमान को दोनों हाथ से कसकर पकड़ने के लिए किसी परम्परा का सहारा काम ही नहीं आता है, केवल अपनी असलियत 'आज' बनाती है।

जीप का हॉर्न सुनकर मेरे विचार टूटे थे। लपचो दरवाज़ा खोलने के लिए दौड़ा था तो मैं खुद आगे बढ़ गया था। एनी बहुत सारे कपड़े पहने थी—फर का लम्बा कोट और काले ऊन का मफलरनुमा स्कार्फ।

'गुड मार्निंग फादर!' उसने तैयारी करते कहा, 'आपके लिए कम्बल

रख लेते हैं।' बाकी सारी तैयारी उसने की थी। थर्मस उठाकर जब उसने मुझे सीढ़ियां उतरने को सहारा दिया तो लपचो भी साथ था। एनी ने उसे डांट दिया, 'तुम हमेशा साथ में लगे रहोगे कि फादर कभी सोच भी नहीं पाते कि जवानी का भी कुछ मतलब होता है। तुम यहीं रहो।'

लपचो खीझकर रुक गया था, लेकिन जीप जब स्टार्ट हुई तो वाकई मुझे यह लगा कि लपचो का बगैर दांतों वाला चेहरा ही हमेशा मेरे सामने रहता है और शायद इसी कारण यह अहसास भी कि मैं बूढ़ा हो गया हूं। मैंने ड्राइवर की तरफ देखा था—खासा जवान पहाड़ी। उसने सिर पर मफलर बांधना भी ज़रूरी नहीं समझा था। मैं बोला था, 'कुछ सिर पर तो बांध लेते।'

वह पीछे घूमकर हंस दिया था, 'पांच साल बाद यही करना है...'

सच, पहाड़ घुमना मुझे भी अच्छा लगता रहा है और मैंने कपड़े अच्छा दिखने के लिए नहीं,शरीर की रक्षा के लिए पहने हैं। कभी मुझे देखकर ही लोग समझते थे कि सर्दी आ गई या सरदी चली गई है...!

घूमता हुआ रास्ता और साथ चलते पेड़। बात एनी ने शुरू की थी, 'फादर, सच मानिए, आपसे मेरा कोई झगड़ा नहीं और मैं तो यहां आज़ाद रही हूं। सुना है मैंने कि जवान लड़की को कैसे कैसे बन्धन में रहना होता है, लेकिन मेरे सामने तो कोई बन्धन नहीं है। लेकिन मैं खुश नहीं हूं फादर!'

'देखो एनी, तुम एक गलती कर रही हो, वह यह कि अपनी उम्र से इनकार करके ज़बर्दस्ती परेशान हो रही हो।'

'मैं आपका मतलब नहीं समझी फादर!'

'यह स्कूल और चर्च सब हमारा परिवार है। तुम इस परिवार में रहकर खुश भी तो रह सकती हो।'

एनी ने दो प्यालों में कॉफी उंडेली। प्याला उसने मुझे देते हुए कहा, 'फादर, जो मैं समझी हूं, वह यह कि मुझे शादी कर लेनी चाहिए। लेकिन

जिससे शादी करना चाहो, वह गलत आदमी हो तो?'

वाक्य सुनकर मैं चौंक गया। मैंने इससे कहा था कि यह अपने फियान्सी को भी साथ ले ले, लेकिन यह किसीको लाई नहीं। ज़रा-सा सन्देह यह भी हुआ कि कहीं यह ड्राइवर ही तो वह आदमी नहीं है?

'फादर! मुझे किसीसे सलाह लेना नहीं आता।'

'तो मैं कहता भी नहीं कि सलाह लो। तुम जिस उम्र में से गुज़र रही हो, मेरे लिए वह सम्मान की चीज़ है। याद रखो एनी, मेरे अपने कुछ दर्द हैं, मेरे जीवन की अपनी कुछ दुर्घटनाएं हैं, जिनकी परछाइयों को मैं नहीं देखना चाहता। इसीलिए चाहता हूं कि मेरे कारण तुम्हारे मन की कोई बात होने से न रह जाए...।'

एनी कुछ परेशान लगी। मैंने एक बार और ड्राइवर की तरफ ध्यान से देखा, लेकिन वह गियर बदलने में व्यस्त था। बहुत पहले कभी मैं टाइगर हिल गया हूं। आठ हज़ार से अधिक की उस ठंडी ऊंचाई पर कंचनजंगा के माथे पर सूरज उगता है। पूछा मैंने, 'मुझे यह समझ में नहीं आ रहा है कि तुमने आज के लिए सूर्योदय ही क्यों चुना?'

'कोई गवाह तो चाहिए ना।' एनी यह वाक्य मुस्कराते बोली थी, सो मुझे अच्छा लगा।

'तो इतने परेशान होने की क्या ज़रूरत थी, उससे कहते कि घर ही आ जाता...'

एनी फिर डूब गई। बहुत कोशिश करने पर भी मैं बात का सूत्र नहीं खोज पा रहा था। चाहता था कि एनी खुद कहे कि फलां व्यक्ति है और उससे मैं प्यार करती हूं। मैंने अपने को इस बात के लिए भी तैयार कर लिया कि यदि एनी यह घोषणा कर देगी कि मैंने किसीसे शादी कर ली है तो मैं सूरज के सामने इसे आशीर्वाद दूंगा और कहूंगा कि इस बात को कहने में किसी संकोच की ज़रूरत थी ही नहीं।

'फादर, 'मुझे एक बात बताइए कि प्रेम का क्या कोई सिद्धान्त

होता है?'

'नहीं होता।'

'कोई सिद्धान्त तो होता होगा? क्या यह ज़रूरी नहीं होता कि किसी से प्रेम करने से पहले यह देख लें कि वह अविवाहित है या नहीं या वह कोई नौकरी करता है या नहीं?'

'देखो एनी! हर व्यक्ति के जीवन में एक खाली समय रहता है—मैं गलत बोला, खाली समय नहीं, खालीपन रहता है। एक शून्य होता है और वह उदास बनाता है, ठीक से काम नहीं करने देता। मैं बिलकुल वैज्ञानिक तरीके से बात कर रहा हूं। दिल-विल और किसी आधुनिक शब्द के माध्यम से मैं बात नहीं करूंगा।'

'मैंने जो महसूस किया है फादर कि मैं बेहद अकेली हूं। जब बर्फ गिर रही होती है, मेरा बहुत मन होता है कि मैं खुद पेड़ होती और मुझपर सफेद रंग जम जाता...।'

मैंने एनी को बोलने दिया। मैं जो समझता हूं, वह यह कि इसका अकेलापन केवल किसी हमउम्र की दोस्ती से ही कट सकता है। यहां या तो मैं हूं निपट बूढ़ा या हैं बच्चे बिलकुछ कच्ची उम्र के। शायद पिछले चार साल से एनी यहां यह मार सह रही है और अब यह इतनी भर गई है कि यह कष्टदायक अकेलापन इसे खाने लगा है।

जीप ज़रा रुकी थी। ड्राइवर बोला, 'एक पत्थर सामने आ गया है।' वह उतरा था और उसने पैर से पत्थर लुढ़का दिया था। वह लुढ़कता पत्थर आवाज़ करता किसी और पत्थर से टकराया था।...नीचे तराई में लुढ़कता हुआ कहां जा पहुंचेगा, कोई नहीं जानता।

'आपसे कुछ नहीं छिपाना फादर, लेकिन मैंने यह महसूस किया है कि ज़िन्दगी में किसी दोस्त का होना ज़रूरी है।'

मैंने एनी की तरफ देखा था। अपनी युवावस्था के अकेले-अकेले कई कमरे मेरे सामने आ गए थे। कई बार इससे उस कमरे में जाते मन

के अन्दर से एक पुकार उठती थी। इतनी बड़ी दुनिया, लेकिन क्या कोई एक ऐसा शरीर नहीं हो सकता कि जिसके रेशमी कन्धे पर हम हाथ रख दें? मैंने यहां तक सोचा था कि वह कोई हो, तो उसके लिए मैं जान पर खेल जाऊं, उसके लिए कुछ ऐसा करूं कि जैसा किसीने कभी नहीं किया।...आज एनी के सामने वही अकेलापन है। मेरा अकेलापन आत्महत्या कर चुका है। वह इस कुर्सियांग को समर्पित होकर दूसरा जन्म पा गया है। लेकिन तब कभी कोई मेरी सहायता के लिए नहीं आया था। आज एनी के पास मैं हूं तो इसका सबसे बड़ा शुभचिन्तक और निकटतम सहायक।

'एनी, वह खालीपन बड़ा वाज़िब है। और बेटे, उस खालीपन से लड़ने की बजाय और उसे लेकर अपने-आपको समाप्त कर लेने की जगह कुछ करो कि वह शून्य भर जाए।'

मैं फिर विभोर हो गया था। मेरा अपना जीवन तो उस जूठे पत्तल की तरह फेंक दिया गया, जिसे कुत्तों ने चाटा और जिसपर से लोगों के जूते गुज़रे हैं। मैं एनी के लिए चाहे जो कर गुजरूंगा।....

हम ऊपर चढ़ रहे थे। एनी ने मुझे सहारे के लिए अपने से बांध लिया था। सच कहूं, उम्र चुकती भी है, यह एक ऐसा सही और भयंकर अहसास है कि आदमी वाकई मृत्यु की प्रतीक्षा करने लगता है।

मेरा दम फूल गया था, कुछ कदम चलने में ही। सौभाग्य से बादल नहीं थे और ड्राइवर बोला था कि आना सफल हो गया।

सूर्योदय की प्रतीक्षा करते हम बैठे थे। एनी ने एक प्याला कॉफी और निकाल ली।

वह बोली, 'आप क्या सुझाव देते हैं फादर, क्या मुझे अपने फियान्सी से शादी कर लेनी चाहिए?'

'निश्चय ही, और जितनी जल्दी हो सके।'

एनी फिर चुप हो गई। बोलने की बजाय सामने देखने लगी।

एक फिज़ूल बात उसने ड्राइवर से पूछी, 'सूरज कुछ देर से निकलेगा क्या?'

वह बीड़ी सुलगा रहा था। दूर से ही बोला, 'वो तो अपने टाइम से ही निकलता है। हम लोग कुछ जल्दी आ गए हैं।'

'फादर, आपने सलाह दी कि उससे शादी कर लूं, लेकिन अगर वह धोखा दे जाए तो? या ऐसा लगे शादी के बाद कि गलती हो गई तो?'

'तो कोई बात नहीं बेटे! गलती उसीसे तो होती है जो कुछ करता है। जो कुछ करता ही नहीं, उससे क्या गलती होगी? मालूम हो बाद को कि यह शादी नहीं निभेगी तो तलाक ले लेना...।'

एनी हंस दी, 'फादर, आपने यह सलाह क्यों नहीं दी कि उस आदमी को पहले से देख-परख लो और ठोक-बजा लो कि वह ठीक तो है?'

मैं कुछ बोला नहीं। शायद इसलिए नहीं बोला कि में जो पहले बोला था, वह मेरे अनुभव का सत्य था। उस सत्य ने मुझे हज़ार संकटों में फंसाया है, लेकिन मैं उसीपर टिका हुआ हूं—कुछ करना कभी गुनाह नहीं हो सकता। गुनाह तब होता है जब हमारा सोच और हमारा काम दो अलग-अलग सत्ताओं के हाथ में चला जाता है। जहां तक एनी का प्रश्न है, मैं जो चाहता हूं, वह यह कि किसी भी तरह मेरी अपनी जितनी ख्वाहिशें किसी न किसी कारण से मर गई हैं, वे किसी भी शर्त पर आकार पा जाएं।... मेरा अतीत अपनी तुर्शी और तीखापन खो चुका है, केवल कुछ घटनाओं के उदाहरण खोजने के लिए ही उसकी ज़रूरत पड़ती है।

'देखो एनी! मैं केवल इतना जानता हूं कि जैसे प्रेम का कोई सिद्धान्त नहीं होता, वैसे ही ज़िन्दा रहने का भी कोई सिद्धान्त नहीं होता। जहां सड़कें तय होती हैं, जहां रोड सिगनल्स होते हैं, वहां एक सिद्धान्त से चलना होता है और सामने यह पहाड़ है और कोई कहे कि उस देवदार तक चले जाओ तो तुम अपनी शक्ति-सहित उस जगह कदम रखती हुई बढ़ोगी

जहां से फिसल न जाओ और देवदार तक पहुंच भी सको...यानी देवदार तक पहुंचना महत्त्वपूर्ण है, देवदार तक जाने वाला रास्ता कोई मीनिंग नहीं रखता।'

'फादर, सूरज सामने आ जाए, उससे पहले एक बात कहना चाहती हूं कि मेरे जीवन में एक ट्रेजेडी हो चुकी है...।'

मैंने एनी की तरफ देखा था। आश्चर्य करने की बजाय मैं चुप रहा था। यही हुआ होगा ना कि प्रेम के बीच में ही वह गर्भवती हो गई होगी, लेकिन मैं इसे ट्रेजेडी नहीं मानता...यह तो गर्म उम्र की सबसे बड़ी विशेषता है कि वह उम्र सामने देख नहीं पाती और पीछे देखने की उसे फुर्सत नहीं होती।

'मैं किसी बात को ट्रेजेडी नहीं मानता एनी, तुम कोई भी बात कहने में संकोच न करो। मैं कोशिश करूंगा कि सब कुछ ठीक हो जाए। एनी, यह जीवन की सबसे बड़ी उपलब्धि होती है कि हम अपने सपने के अनुरूप किसी साथी को इतनी बड़ी भीड़ में खोज लें। तुम्हारा भी कोई सपना तो रहा होगा एनी?'

'हां फादर, मैं हमेशा सोचा करती थी कि मेरा पति वह होगा, जिसने सबसे अधिक तकलीफें उठाई होंगी। आपको चाहे जैसा लगे लेकिन जो लोग ईसा की तरह लगते हैं, वे बहुत प्यारे होते हैं। आप भी एक हैं वैसे ही। आप कभी कहते नहीं लेकिन मैं अन्दाज़ लगा सकती हूं कि आपके जीवन में कम तूफान नहीं आए हैं...'

'वह सब छोड़ो एनी! इस सबका कोई अर्थ नहीं कि मैंने सदमे झेले हैं और मैं अकेला हूं और मैं बूढ़ा हो गया हूं। मैं जिस टेकनीक से ज़िन्दा हूं, वह तो बढ़िया है...' मैं वैसे ही हंस दिया। हंसा इसलिए भी कि मेरा अतीत आया-गया हो जाए। मैं बिलकुल नहीं चाहता कभी कि एनी के सामने मैं अपने अतीत को देखकर परेशान नज़र आऊं।

'फादर, या तो यह सही है कि हम जिसे चाहते हैं, उसे जीवनभर खोजते रहना होगा या यह कि अपने खालीपन से बोर होकर किसीसे

भी शादी कर लें। क्या ऐसा नहीं लगता फादर कि इन्तज़ार के समय ही दुर्घटनाएं हो जाती हैं?'

'आज एनी, तुम सवाल ही सवाल कर रही हो। अपनी बात भी तो कहो।'

'सवाल नहीं कर रही हूं फादर, अपनी बात को आपके द्वारा कन्फर्म करना चाहती हूं।'

मैं एनी की तरफ देखता रह गया था।

'एनी, मैं भी तुम्हारी उम्र में से गुज़रा हूं और आज जो समझ की बात करता हूं, उसका उस उम्र से कोई ताल्लुक नहीं। मुझमें जितनी पज़ेसिव इन्स्टिंक्ट थी एनी, उसने बड़ा बल दिया था। मैं जिसे चाहूं उसे क्यों न प्राप्त करूं? वह मेरा राइट है...'

'यह तो ज़िद है फादर! आप किसीको चाहते, हैं और वह न प्राप्त हो तो...'

'मैं कुछ नहीं जानता। जिसे मैं चाहूं, उसके लिए मैं कोई बात उठाकर छोड़ नहीं सकता। शायद ज़िद ही हो एनी, माने लेता हूं, लेकिन जैसे कोई बीमार हो तो उसे बचाने के लिए हम असंभव कोशिश करते हैं, वैसे ही किसीको प्राप्त करना भी है।'

'और अगर वह बीमार आदमी न बच पाए तो?'

'तो क्या एनी? जो नहीं हो पाता है, वह केवल कुछ विक्षिप्त दिन ही देता है। लाश को कन्धे पर लिए हुए तो नहीं घूमते... लेकिन जिस जगह उस लाश को दफनाते हैं, वहां बैठे रह सकते हैं या सब कुछ से दूर किसी वीरान कुर्सियांग में वह काम करने लग सकते हैं जिसका हमसे कोई सम्बन्ध नहीं हो...लेकिन छोड़ो इस बात को।'

एनी ने दोनों हाथ कोट की जेब में भर लिए थे। वह न मेरी तरफ देख रही थी और न मैं उसकी तरफ। हम लोग उदास भी नहीं थे, लेकिन मुझे यह लगा कि इस छोटी-सी समस्या के लिए वह मुझ जैसे बूढ़े से सलाह न करती और यह सूर्योदय देखने अपने प्रेमी के साथ आती तो बेहतर था।

‘बात यह है फादर कि मेरा सब कुछ लुट चुका है। आपको याद होगा, जूनियर ग्रुप में एक विनाश नामक बच्चा आता था?’

‘उसके पिता का नाम शाह है ना! भाई, वह तो बड़ा प्रसिद्ध आदमी है। वह लेखक भी तो है। मैंने उसकी कहानी नेपाली में पढ़ी है। उसकी मातृभाषा नेपाली है शायद।’

‘जी हां, वही। मेरी उससे पहचान हो गई थी। विनाश खूब प्यारा बच्चा है और वह उसे लेने कभी-कभी स्कूल आया करता था। एक दिन पूछा उसने—बच्चा ठीक से पढ़ रहा है? मैंने कहा—हां, लेकिन आप लोग घर भी इसे कुछ पढ़ाइए। वह बोला—मैं अपने काम में लगा रहता हूं और बच्चे की मां है नहीं। वह मुझे देखकर बोला—मरी नहीं, जीवित है, लेकिन हम लोग साथ नहीं रहते...। मैंने बेहद सहज उससे कहा था—तो क्या हो गया, खासे यंग हैं आप। उसे छोड़िए और एक और शादी कर लीजिए...’

मैंने एनी की तरफ देखा था। वह चुपचाप बोले जा रही थी। ‘मैं विस्तार से सब बातें नहीं बताऊंगी फादर! पहचान इसी तरह बढ़ती गई। सच कहूं, शाह मुझे बहुत अच्छा लगता रहा। मुझे यह भी लगा कि वह मेरे प्रति आकर्षित है। एक दिन बोल ही दिया वह—एनी, क्या हम दोनों एकसाथ नहीं रह सकते...?’

एनी चुप हो गई। मैं समझ गया कि शाह ही सारी ट्रेजेडी का कारण है, लेकिन इसमें कोई परेशानी की बात नहीं है....।

‘फादर, मैंने सोचा था, आपसे कह दूं कि शाह से शादी करना चाहती हूं।’

‘इसमें कहने की क्या बात है बेटे?’

‘लेकिन फादर, उसने बताया कि कानून के अनुसार उसका तलाक नहीं हुआ है।’

‘तो उससे क्या होता है? तलाक नहीं हुआ तो क्या हुआ?’

‘मुझे उसपर सन्देह होने लगा।’

‘किस बात का सन्देह? यह कि बगैर शादी के तुम उसके साथ रहोगी

तो वह धोखा दे देगा?'

'हां फादर, मुझे यह लगने लगा कि वह मेरे साथ बहुत लम्बे समय तक नहीं रहेगा। वह शराबी आदमी है फादर! आपको नहीं मालूम होगा लेकिन लपचो जानता है। एक दिन होस्टल में ही उससे झगड़ा हो गया। उसके पास मेरी तसवीरें हैं और वह बोलता है कि तुम्हें बदनाम कर दूंगा। वह ब्लैकमेलर है फादर! और तो और वह झूठ बोला था कि उसकी पत्नी से उसका कोई सम्बन्ध नहीं है। मैंने उसकी पत्नी को भी देखा था...'

'तो इससे क्या होता है एनी?' मैं उत्तेजित होकर बोला, 'वह अगर तुमसे प्यार करता है तो शादी का नाटक तो एक औपचारिकता है। उससे अधिक इसका कोई सम्बन्ध नहीं। मैं अपने ऐसे कई दोस्तों को जानता हूं जो रास्ता निकालने में सफल हुए हैं।...यह तो तुम्हें खुश होना था, उसकी जगह तुमने उसपर सन्देह किया।'

'वह नीच या आदमी है फादर! वह कहने लगा, फादर की सलाह लेने की कोई ज़रूरत नहीं है। वह चाहता था कि उसका साथ मैं नेपाल चली जाऊं।'

'तो चली क्यों नहीं गईं?'

'मेरी बात तो सुनिए फादर! मैंने जब कहा कि फादर से कहे बगैर मैं नहीं जा सकती तो उसने मुझे थप्पड़ मार दिया और बोला कि अपने बाप से शादी कर ले। उस दिन फादर, उसके द्वारा ज़लील होकर यह लगा कि वश चले तो उसका खून कर दूं। कलतक वह इसी सूर्योदय का सपना दिखा रहा था और ज़रा-सा में ऐसा नाराज़ हुआ...।' एनी का गला भर आया था।

मैंने उसके कन्धे पर हाथ रखकर थपथपाया और धीरे से बोला, 'बड़ी मुश्किल से ऐसा कोई मिलता है, जो हद से गुज़रकर भी प्यार करता है। वह आदमी कहीं गलत नहीं लग रहा है मुझे। पति-पत्नी के रिश्ते बाहर से टूटने से पहले, अन्दर की तरफ से टूटते हैं और वह अन्दर का टूटना सचमुच उन्हें

तोड़ देता है। से सेपरेशन और विच्छेद और कानून उसी तरह औपचारिक हैं, जैसे विवाह की रस्म औपचारिक है। वह केवल स्वीकृति की घोषणा है एनी! अगर उसने तुम्हें धमकी दी है, पीटा है तो...'

'मुझे नहीं सुनना फादर!'

'काश, एक बार तुम मुझसे तो बात कर लेतीं, लेकिन तुम या वह केवल इसीलिए बात नहीं कर पाए कि पिता की एक ऐसी तसवीर तुम लोगों के सामने है, जो इस रिश्ते को कभी स्वीकृति नहीं देगी। पर मैं कभी नाराज़ नहीं होता। मेरे लिए यह बहुत बड़ी बात होती कि एक वैसी की वैसी घटना मेरे सामने है और पिता के रूप में सामने वाले की खुशी के लिए कुछ करने का मुझे मौका मिला है।'

'शायद फादर, आप पिता की एक नई तसवीर बनाना चाहते हैं... ?'

'मैं सरासर सबसे कटा हुआ एक वृद्ध व्यक्ति हूं। मैं तो केवल यह चाहता हूं कि पिता की उस पुरानी तसवीर को पोंछने का काम मेरे हाथ से होता।'

सामने हलका लाल रंग उभरने लगा था। देवदार और गोलाइयों का सिलहट सामने आने लगा था।

'यह ट्रेजेडी एनी, उसी तरह की है कि हम पैर पर पत्थर गिरा लें और दुखी होते रहें।'

'मैं दुखी नहीं हूं फादर!'

मैंने एनी के कन्धे पर हाथ रखकर कहा, 'यह अच्छी बात है कि तुम दुखी नहीं हो, लेकिन मैं चाहता हूं कि इसे एक घटना मानकर भूल जाओ, लेकिन क्या शाह को फिर से खोजा नहीं जा सकता?'

'उसने मुझे हज़ार धमकियां दी थीं फादर कि वह सारे चर्च और स्कूल को बदनाम करके रख देगा, इसीलिए मैं आपसे अलग हो गई कि आपपर कोई आंच न आए।'

‘लेकिन वह कहां गया? मेरा खयाल है, विनाश हमारे स्कूल में नहीं है।’

‘शायद अब वह होली-चाइल्ड में पढ़ता है या और कहीं... उसकी पत्नी कहीं चली गई है और बच्चा भी उसीके साथ में है और शाह यहां से सब कुछ बेचकर नेपाल चला गया।’

‘कभी मिला?’

एनी ने अस्वीकार में सिर हिला दिया।

‘कभी दिखा?’

उसने फिर इनकार में सिर हिला दिया।

सूर्य सामने था। इतना खिला हुआ लाल रंग और ऐसे आहिस्ता ऊपर उठ रहा था कि मैं खड़ा हो गया। मेरे पूराने संस्कार हैं कि दो कदम आगे बढ़ सूरज को प्रणाम करने लगा। मुझे पता नहीं रहा कि मेरे साथ कोई था भी। एक मिनट को उस उगते हुए सूरज ने मुझे ऐसे बांध लिया कि जी चाहा, यह सूरज वहीं का वहीं रहे और कदम-कदम आगे बढ़ता उस तक चला जाऊं। मैंने अपने जीवन में भी हमेशा सूरज की पूजा की है। यहां तक कि अपने-आपको भी एक सूरज समझा है। जीवन के खूबसूरत दिनों में भी सूरज की तरह लगातार चलने की इच्छा बनी रही है। यात्रा के लिए अनन्त आकाश हो और सूरज की सी सामर्थ्य हो...मैं बहुत गहरे डूब गया था। सूरज को देखकर मजदूर की तरह खटने की इच्छा होती है, सूरज को देखकर अंधेरे से अंधेरे रास्ते को चाकू से चीर देने की तबीयत होती है। सूरज ऊपर उठ रहा था। मेरा चेहरा प्रसन्नता से दमकने लगा, ‘यार, ऐसा सूरज हो और पोरपोर में बहती हुई जवानी हो।’ ज़ोर से मैंने पुकारा था, ‘देखा एनी...!’

एनी उसी तरह वहीं बैठी थी। आई है सूर्योदय देखने और यह क्या कर रही है? ... मैंने देखा, उसने घुटने में सिर दे रखा था और सारा सूर्योदय खो दिया।

‘एनी! यह क्या है? देखो तो, तुम यह उगता हुआ सूरज देखने आई

थीं...सारी बर्फ पर सुनहरी लकीरें खिंच आई हैं एनी!'

एनी ने सिर उठाया—बेहद उदास चेहरा, आंखें ऐसी जैसे ज्योति न हो उनमें। जो बोली, वह यह, "मैंने बहुत सूर्योदय देखे हैं फादर...'

'तो एक और सही एनी!'

'ना फादर...' वह उठ खड़ी हुई और बोली, 'अभी ही लौट चलें।'

मैं कुछ बोला नहीं। सहसा चुप हो गया। एक बार और मैंने सूरज को प्रणाम किया। ज़रा देर पहले एनी के मुंह से वह सब सुनकर मैं बहुत पीछे फिंक गया था, लेकिन सूरज के उस क्षण ने मुझे बिलकुल ठीक कर दिया।

'कोई बात नहीं एनी, सूरज तो रोज़ निकलता है और मैं चाहता हूं कि शाह के प्रति तुम अच्छा-बुरा जो भी चाहो, सोचो लेकिन सारे जीवन को सूर्योदय की स्पिरिट में मत देखो। बात यह है बेटे कि पहली बार जब सूर्यास्त होता है तो डर लगता है कि कहीं सूरज हमेशा ही नहीं डूब जाए लेकिन भूगोल का क्रम तो हमारे सामने है, रोज़ सुबह होती है।'

'मुझे भाषण मत दीजिए फादर'!' एनी जोर से बोली थी। उसकी आंखें लाल हो गई थीं। वह घुटने में सिर छिपाए रो भी तो चुकी थी।

'मुझे तो केवल यह दुःख है कि इतना खूबसूरत सूर्योदय तुमने खो दिया।'

'बात यह है...' ड्राइवर धीरे से बोला, 'अभी बात की बात में हम लोग टाइगर से नीचे उतर जाएंगे और सूर्योदय देखने का एक मौका और मिल जाएगा...।'

मुझे ड्राइवर का यह वाक्य बहुत अच्छा लगा। इसका तो रोज़ का काम है। रोज़ यह लोगों को दो-दो सूर्योदय दिखाया करता है...।

मैं बड़ा प्रसन्न हो गया। मुझे यह भी लगा कि एनी को ठीक करने का एक तरीका यह भी है कि मैं खुश दिखाई दूं।...

'भाषण नहीं दूंगा, लेकिन एनी, उसे भूल जाओ और अपने-आपको समाप्त करने की बजाय अपने-आपको शुरू करो...वैसे बेटी, जिन्दगी इतनी मुश्किल है कि जाने कितने मौके आएंगे अभी, जब आत्महत्या के अलावा कोई रास्ता नहीं होगा। तुम्हारी ट्रेजेडी एक आम किस्म के प्रेम के साधारण ढंग से समाप्त हो जाने की एक ऐसी महत्त्वहीन कहानी है, जैसा-आए दिन होता रहता है...' मैं अपने शब्दों में सारा बल देकर बोला था, 'तुम्हारा यह अकेलापन किसी साथी के बगैर जाएगा नहीं। अपने-आपपर व्यर्थ ही जुल्म करने की बजाय शादी कर लो। वह आसान तरीका ही नहीं है, सीधा तरीका भी है।'

'ठीक है फादर,' एनी के चेहरे पर रोष था। बोली थी वह, 'मैं आपसे शादी करना चाहती हूं...' वाक्य खींचकर बोला गया था और सोद्देश्य बोला गया था।

मैंने एनी की तरफ देखा था। मुझे यह सुनकर गुस्सा नहीं आया न ही यह लगा कि ऐसे वाक्य पर आश्चर्य भी किया जा सकता है। याद है, मुझे तीस की उम्र वाले वे दिन, जब मन में प्रतीक्षा चलती रहती थी कि किसी दिन कोई मुझे समझेगा और मुझे कहने की ज़रूरत नहीं होगी उससे कि मैं उसे चाहता हूं, वह खुद कहेगी मुझसे और एक शाम काफी होगी हम दोनों के साथ रहने के मुहूर्त के लिए। लेकिन ये तब के किस्से हैं, जब मैं उबलते हुए बिन्दु पर था। फिर जो ढहना शुरू हुआ तो कुछ बाकी ही नहीं रहा—नकली दांत, सुनने की मशीन, इतने अधिक नम्बर वाला चश्मा, सफेद दाढ़ी, गंजा सिर, रात-भर खांसती हुई नींद, बढ़ा हुआ ब्लडप्रेशर, मधुमेह के कारण लगातार क्षय होने वाला शरीर, रात को सिरहाने रखी दवाइयां, पलंग के नीचे रखा बसबसाता हुआ कमोड, कांपते हुए हाथ-पैर और फूलती हुई सांसें...। मुझे लगा कि अतीत और वर्तमान दोनों को किसीने डमरू की तरह हिलाकर बजा दिया है।

'मेरी बात सुनी नहीं फादर?'

मैं उसे देखकर हंस दिया, 'सुन ली एनी! अपने-आपको बड़ा खुशनसीब मान रहा हूं कि तुम जैसी जवान लड़की ने मुझे शादी के योग्य समझा। रुक इसलिए गया था कि जब तक मेरे बाल घुंघराले थे और जब तक मेरी आवाज़ जादू था, ऐसा कोई नहीं मिला, जो तुम्हारे वाक्य बोल पाता; लेकिन आज मैं समाप्त हो चुका हूं तब ये वाक्य सुनकर ज़रा देर के लिए मजबूर होकर अपने-आपको मैंने तीस साल पीछे हटाया था। जानती हो एनी, उस उम्र में यह हुआ होता तो मैं क्या करता?' मेरी दोनों मुट्ठियां बंध गई थीं और मेरा चेहरा तन आया था, 'और यह दुःख भी है एनी कि आज एक बेटी को अपने बाप के साथ शादी की बात का मज़ाक करना पड़ा। शायद एनी, यह प्रस्ताव रखकर तुम्हारे मन में शाह को अपमानित कर देने का सुख मिला होगा और शायद यह इसलिए भी कहा गया है कि तुम मेरे भाषण, मेरी सलाह और मेरे सरमन से बेइन्तहा बोर हो चुकी हो।'

'फादर...' एनी की आवाज़ बिखर गई थी। उसकी आंखों से धार-धार आंसू बहने लगे।

'रोते नहीं एनी?' मैंने अपने हाथ से उसके आंसू पोंछ दिए थे, 'तुममें एक अजीब खीझ आ गई है। तुम्हें वैसे कुछ नहीं हुआ है। और उस प्रेम को जो यूंही उजड़ गया, ट्रेजेडी कहने से कोई लाभ नहीं। वैसे मैं तो यह मानता हूं कि इस उम्र में ऐसे सम्पर्क एक नहीं, कई होते हैं। बाज़ वक्त बुरा भी लगता है। कई दुर्घटनाएं भी हो जाती हैं, लेकिन यह कोई ऐसी बात नहीं है कि पूरे जीवन से ही हाथ धो लिया जाए।'

एनी वैसी ही रोती रही। सहसा ड्राइवर ने गाड़ी रोक दी और हमसे बोला, 'आइए इधर।'

हम दोनों यन्त्र की तरह उतरे थे। सामने देवदारों और कंचनजंगा का सिलहट था। फिर सूरज उसी शांति और वैसी ही कोमलता से ऊपर को

उठ रहा था।

'आपने मिस साहब, टाइगर पर सूर्योदय मिस कर दिया था, अब यहां तो देख लीजिए।' ड्राइवर ने फिर एक बीड़ी सुलगा ली थी।

एनी ने ऐसी निपट खाली आंखों से सूरज के उगने को देखा था कि जी चाहा, एक बार इसे झकझोर दूं और कहूं कि सूरज ने तुम्हारा कुछ नहीं बिगाड़ा है, लेकिन मैं कुछ बोल नहीं सका, मैंने उस सूर्योदय को भी प्रणाम किया और जीप में आ बैठा।

आठ

एनी ने फिर मुझसे कुछ नहीं कहा। वह स्कूल के काम में व्यस्त हो गई। दो-एक दिन ऐसे गुज़रे जैसे कुछ हुआ ही न हो। मेरे मन में सोते समय ये विचार ज़रूर आते रहे कि आखिर वह कौन-सी बात है जिसके लिए हम दांव पर तो लग जाते हैं, लेकिन वह नहीं कर पाते, जो करना ज़रूरी होता है? यह मुझे स्पष्ट लगा कि यह घटना आज हो, चाहे तीस साल पहले हो, अन्त में कोई अन्तर नहीं आया है।

एनी ने कहा था, 'फादर, स्कूल का काम निबट जाए तो एक दिन बैठकर सोचें कि इसे और कितना बढ़ा सकते हैं। सारे बच्चे पेंटिंग में बहुत रुचि ले रहे हैं। न हो तो कोई ड्राइंग-टीचर रख लें।'

उसके इस कहने में कोई विशेष बात नहीं थी, लेकिन मुझे यह लगा कि एनी ने खुद को समाप्त करना शुरू कर दिया है। मैं डायरी सामने रखे एक दिन बैठा था। मैंने केवल एक ही वाक्य लिखा था उसमें—'मैंने पिता बनकर देख लिया है और यह पाया है कि अपने बच्चों के मन में जो पुराने संस्कार जम जाते हैं, वे अपने-आप दूर नहीं होते, उनके लिए कोशिश करनी होती है...।' इसी वाक्य को दुबारा पढ़ा तो लगा कि मैंने एनी की समस्या तो समझ ली, लेकिन उसके लिए किया कुछ नहीं। सच तो यह है कि शाह और एनी दोनों अलग-अलग दुखी हैं। शाह ने शायद खुद को

ठीक कर लिया हो और नेपाल जाकर लिखने-पढ़ने में मन लगा लिया हो। लेकिन हम जो चाहें वह न हो तो कोई अपने-आपको कैसे ठीक कर सकता है?

एनी से मैं बार-बार कहता हूं कि कहीं शादी कर ले, लेकिन वह होगी तो स्थानापन्न शादी ही न! शाह की जगह कोई भी पुरुष आ सकता है या शाह की तरफ से सोचूं तो एनी की जगह वह किसीसे भी रिश्ता जोड़ सकता है।

मैं सोने जा रहा था, लेकिन उठ बैठा। मैंने अपने-आपको चैलेंज किया कि मुझे कुछ करना चाहिए। एनी से कुछ कहने के बजाय मुझे शाह से कुछ कहना चाहिए। सोचना बन्द करके मैं ने शाह के नाम एक पत्र लिखा था:

'शायद तुम नेपाल में प्रसन्न हो। मुझे नहीं पता कि तुम कब कुर्सियांग छोड़कर चले गए। यह भी ठीक से नहीं मालूम कि तुम्हारा जो बेटा हमारे स्कूल में पढ़ता था, वह कहां है...यह ज़रूर मालूम है कि यहां की एक घटना से परेशान होकर तुम यह जगह छोड़ गए हो। मुझे सब कुछ मालूम है और दुख इस बात का है कि तुम दोनों ने ही अपने पिता से यह बात छिपाई। एनी के लिए और तुम्हारे लिए भी यह खुशनसीबी थी कि साथ रहने का मौका मिल रहा था। तुम्हारे आपसी झगड़ों से मेरा कुछ लेना-देना नहीं, लेकिन यह सही मानो कि मैं तुम दोनों का शुभचिन्तक हूं। जानता हूं, तुम अपनी पत्नी को छोड़ चुके हो। जो सामाजिक परिस्थिति सामने है, उसमें तुम आज भी फंसे हो और शायद हमेशा फंसे रहोगे। एनी जैसी भी है ठीक है, लेकिन मुझे यह लगा है बेटे कि मुझे पहल करनी चाहिए। मान लो सारी गलती एनी की है कि वह कमज़ोर पड़ गई या कोई बहाना ढूंढ़कर तुमसे अलग हो गई... मझे तो लगता है, कि वह एक धार्मिक और संस्कारी वातावरण में रही है इसीलिए साहस न कर पाई, नहीं तो तुम्हारे प्रति प्रेम में मैंने कोई कसर नहीं देखी है। अगर एनी की

ओर से सोचूं तो तुम गलत हो कि उससे झूठ बोले कि पत्नी तुम्हारे साथ नहीं है या तैश में आकर तुमने हम लोगों को बदनाम कर देने की धमकी दी है या एनी को गुस्से में आकर पीट दिया है। मैं एनी से कह सकता हूं कि वह तुम्हें क्षमा कर दे, अगर तुम भी उसे क्षमा कर दो और यह सोच लो एक मिनट के लिए कि लोगों की नज़र लगने से एक दुर्भाग्य सिर पर घिर आया था और अब वह टल गया है। अगर मुझे पिता के रूप में तुम दोनों अण्डरएस्टिमेट नहीं करते तो शायद कानून के रास्ते से अलग भी तुम दोनों को सुखी देखने की कोई बात मैं सोच सकता था। उसे छोड़ो अब। क्या यह नहीं हो सकता कि बीच के अन्तराल को लांघकर तुम दोनों फिर मिल जाओ? एनी अब पहले से समझदार हो गई है और तुम टूटते हुए कगार पर खड़े होकर बहुत-सी ज़मीन छोड़ चुके हो। शाह बेटे, मैं आम पिताओं की तरह नहीं हूं कि सामाजिक लकीरों को पीटता रहूं। मैं तुम दोनों के प्यार का आदर करता हूं। देखो, ज़िद मत करना। जीवन में अपने प्राप्य के लिए कुछ झुकना भी पड़े तो उसमें कुछ हर्ज नहीं है। एनी को डर था कि उसकी तसवीरें या खत जो तुम्हारे पास हैं, उनसे तुम चर्च और स्कूल को बदनाम करने की कोशिश करोगे, लेकिन यह उसने केवल मेरी ओर से सोचा था। मैं व्यक्तिगत रूप से ऐसा नहीं सोचता हूं। वैसे उस प्रेम को समाप्त करके तुम गए हो तो भी जीने का कोई सहारा ढूंढ ही लोगे। मैं खुद इस मामले में थोड़ा अनुभव रखता हूं, क्योंकि टूटने के क्षण टूटना जितना भयंकर, असह्य और मारक लगता है, असल में वैसा होता नहीं। यही कहना चाहता हूं कि उस टूटने को तुमने झेल लिया है तो दंभ मत करना कि तुम्हें एनी की ज़रूरत नहीं है, यही बात एनी से भी कहूंगा कि यह रो-गाकर जो शक्ल बना ली है और दो-चार महीने अकेले काट किए हैं तो यह मत सोचो कि पूरी ज़िन्दगी कट जाएगी—वह ऐसे ओवरएक्टिंग से कभी नहीं कटेगी। मुझे खुशी है इस बात की कि मैं तुम्हें कन्विन्स करने के लिए पत्र लिख पाया हूं। अगर मैं पत्र नहीं लिखता तो

वह निरा बौद्धिक अप्रोच होता।'

यह पत्र समाप्त कर मैं ऐसा महसूस करने लगा कि वाकई कोई व्यावहारिक कदम उठाया गया है। इन दोनों के मिल जाने से एक फिजूल ट्रेजेडी हटाई जा सकेगी। बात न बात का नाम, यह यहां नष्ट हो रही है, वह वहां खत्म कर रहा है अपने-आपको...।

मैंने रात को ही पत्र डलवा दिया था और सोते समय एक छोटी-सी प्रार्थना की थी—'मैं उस कार्य के लिए कभी कुछ उठा नहीं रखूंगा, जो अपेक्षित है। मैं अपनी कोशिश-भर वैसी ट्रेजेडी नहीं होने दूंगा जैसी मेरे जीवन में होती रही है। यहां का मेरा अकेलापन प्रायश्चित्त कहला सकता है, आत्म-प्रताड़ना कह सकते हैं इसे, लेकिन यह किसी भी अर्थ में उपलब्धि नहीं है...।'

फिर मैं पूरे सन्तोष सहित सो गया था। मुझे यह लगा था कि पिता का जो भी सही अर्थ होता हो, उस अर्थ को मैंने निभाया है।

उन दिनों एनी की तरफ से मैं उदास रहा। लपचो को कभी-कभी होस्टल भेज देता कि वह एनी को देख आए। वह आकर यह बतलाता—सामने की खिड़की खुली है और एनी लगातार बाहर देख रही है या सारे दरवाज़े बन्द हैं और एनी एक कागज़ पर लकीरें खींच रही है या एनी के हाथ में एक किताब है और वह उसे देख रही है, केवल देख रही है, पढ़ नहीं रही है।...लेकिन स्कूल के काम में कभी एनी ने एक मिनट की देर नहीं की। बच्चों को पढ़ाते समय वह हमेशा खुश दिखती है, मुझसे बात करते समय मेरे प्रति उसके व्यवहार में आदर होता है। कोई ज़हर खा ले और एनी की तरह अपने-आपको मशीन बनाकर एक निरर्थक ज़िन्दगी जिए, इन दोनों में कोई अन्तर नहीं।

मैं प्रतीक्षा करने लगा कि शाह का उत्तर आए। एक दिन ऐसा भी लगा कि कहीं वह मेरा पत्र शाह के प्रति ज़्यादती ही न हो। उसने अपने-आपको एनी से काटकर जिस तरह भी अपने को ढाल लिया है, ठीक ही है...।

एक दिन शाह का छोटा-सा पत्र आया ही, वह काठमाण्डू में ही था। पता गलत था लेकिन पत्र रिडायरेक्ट होकर उसे मिल गया था। मेरे प्रति खूब आदर प्रकट करते हुए शाह ने लिखा था—'पत्र पाकर आश्चर्य हुआ। मैं यहां खुश भी हूं और वहां जो कुछ हुआ, उसे मन से उतार चुका हूं। हर आदमी का किया हुआ काम उसके साथ होता है। मैं यह ज़रूरी नहीं समझता कि कोई किसीसे क्षमा मांगे। प्लीज़ फादर, आप एनी को यह मत कहिए कि वह गलत थी। उसने मुझे रिजेक्ट किया है और मुझपर आरोप लगाए हैं, लेकिन वही ठीक थी। उसको जब भी याद आती है, मुझे कुर्सियांग की बस्ती में काट अच्छे दिन याद आते हैं। एनी को भूल जाने की कोशिश से मुझे ज़बरदस्त...अपने कुछ अनुभवों को भी भूलना पड़ेगा—वे खट्टे-मीठे दोनों तरह के हैं, जैसे भी हैं, लेकिन मेरे अपने अनुभव हैं... इसलिए उसे कभी नहीं भूलूंगा। साचिए तो फादर, एनी न होती तो यह निर्वेद कहां से आता मुझमें? एनी न होती तो आपके इस पत्र का इतनी शान्तिपूर्वक उत्तर कैसे देता? एक बात मुझे और लगी कि एनी के चित्रों और पत्रों की याद आपने क्यों दिलाई, कहीं इसलिए तो नहीं कि डरते हों कि मैं ब्लैकमेल करूंगा? यह डर स्वभाविक भी है फादर! यह मत समझिए कि मैं आपपर या एनी पर कोई आरोप लगा रहा हूं, सच तो यह है कि एनी के लिए मझे दुःख है। मैंने उसके चित्र और पत्र अपने पागलपन में कई लोगों को दिखाए हैं और उसे अपनी कोशिश-भर बदनाम करने की कोशिश की है, लेकिन इसका मुझे दुःख नहीं है फादर! यह बात साबित करती है कि एनी को कैसी शिद्दत से मैं चाहता था। कृपा कर आप लोग मुझे भूल जाएं। मैं अलग पोस्ट से एनी के नाम उसके सारे पत्र और चित्र भेज रहा हूं। वह चेक कर लेगी कि मेरे पास अब कोई ऐसी चीज़ नहीं है कि उससे अपना रिश्ता बतला सकूं। पैकेट उसीके नाम हैं, क्योंकि मेरी समझ से वह सब बहत पवित्र है, और उसका बाद की इन स्थितियों से कोई सम्बन्ध नहीं है। अच्छा फादर, मुझे आज्ञा दें। आपको प्रणाम और एनी को

शुभ कामनाएं। हमेशा के लिए विदा...'

पत्र हाथ में लिए मैं बैठा रह गया। शाह जैसा भी हो, बहुत साफ आदमी है। मैं नहीं जानता कि कोई ऐसे भी हथियार डालता होगा...। एक बार एनी के प्रति क्रोध भी उठा, लेकिन क्या यह एनी के प्रति ज़्यादती नहीं है कि वह जैसा जीवन जी रही है, उसपर मैं अपने आदर्श थोपने का प्रयत्न करूं...? वह पत्र एक बार और पढ़ा, फिर उसके कई टुकड़े कर फेंक दिया। यदि मैं शाह को नहीं लिखता तो मन में बात रह जाती। अब जो उसने उत्तर दिया है, वह उतना परेशान नहीं कर रहा है, जितनी परेशानी अपनी चुप से हुई थी। जब पोस्टमैन एनी को पैकेट दे गया तो मैंने लपचो को होस्टल भेजा कि वह देखकर आए, एनी उस पैकेट का क्या करती है।

वह जब लौटकर आया तो मैंने उत्सुकता से पूछा, 'क्या हुआ लपचो?' वह विशेष ही परेशान था। उसने ऐसे खबर सुनाई मुझे, जैसे किसीकी मृत्यु हो गई हो, 'फादर, एनी बीबीजी ने उसे थोड़ा-सा फाड़कर देखा—उसमें कुछ फोटो तथा चिट्ठी थी। कोई चिट्ठी निकालकर बीबी ने उसे पढ़ा, फिर उसे बाथरूम में ले गई और उस पैकेट पर मिट्टी का तेल डाल दिया। फिर उसमें आग लगा दी और उसे जलता हुआ देखती रही...'

'फिर क्या हुआ?'

'कुछ भी नहीं फादर! उसकी राख समेटकर बीबी ने कूड़े में डाल दी और मुंह-हाथ धोकर तैयार होने लगी। फादर, उसके बाल उलझ गए थे। उसने फिर कैंची से अपने बहुत सारे बाल काट डाले....'

'बाल काट डाले?'

'हां फादर! बीबी के बहुत बड़े बाल हैं तो आध काट दिए और उन्हें कंधे पर बिखरा लिया, लेकिन कटे बालों से बीबी का चेहरा और अच्छा लगता है...'

वह शायद कुछ और बोलना चाहता था, लेकिन मैंने उसे चुप करा

दिया, 'ठीक है, अब तुम अपना काम करो...'

मैंने सोते समय एक बात मन ही मन तय की थी कि इस समस्या पर अब मैं कभी कोई बात नहीं बोलूंगा। जो भी बोलना होगा, एनी पहले बोलेगी और मैं उत्तर में यह कहूंगा कि वह जो ठीक समझे, वही करे...।

यह उस दिन हुआ, जब दिन गरम होने शुरू हो गए थे। मैं चर्च से लौटा था और वैसे ही लपचो से पूछा था, 'अब एनी कैसी है?' लपचो ने जवाब नहीं दिया था। शायद कारण यह था कि यही सवाल हर फुरसत में उससे पूछा करता था। दुबारा जब मैंने लपचो की तरफ देखा उत्तर के लिए तो वह बोल ही दिया, 'एनी बीबीजी भी यही पूछा करती है कि फादर कैसे हैं। अब मेरा काम यही रह गया है कि दोनों की खबरें दिया करूं?' मैं सामने देखने लगा—वे ही तीन देवदार धुल-पुंछ गए थे। मन में यह आता रहा कि सब कुछ बहुत 'डल' चल रहा है। मुझे अच्छा भी लगा कि बरसों बाद मैं अपनी जवानी वाला शब्द बोला था। तब मुझे सब कुछ इतना खाली लगता था कि जी चाहा करता कोई एक्सीडेण्ट ही हो जाए, कहीं से कोई खबर ही आ जाए, लेकिन यहां आकर एक लगातार चक्र में मैं उलझ गया हूं। ऐसा लगता रहता है कि आंखों पर पट्टी बंधी हैं और हम घूमते जा रहे हैं...।

खत एनी ने लाकर दिया था। लगा यह कि शायद शाह अपने अकेलेपन से बोर होकर एनी के पास आना चाहता हो। मैंने बड़ी फुर्ती से उसे खोला था, लेकिन उसे पढ़ते ही एक जन्म पीछे फिंक गया। ऐसा होगा भी, इसकी कल्पना नहीं थी मुझे। यहां मेरी जो तस्वीर है, वह यही कि आकाश ने फेंका और धरती ने झेला, लेकिन हकीकत तो और ही कुछ है। यहाँ आने से पहले मैं एक समूचा जीवन जी रहा था और वह जीवन जैसा भी था, जानलेवा था। सच कहूं, जब अपने-आपको उन तीस वर्षों

से काटा था तो खासा कष्ट हुआ था। मैंने किया यही न कि अपने जीवन के तीस वर्ष एक पोटली में बांध लिए और नदी में उसे बहा आया था। अब हुआ यह कि जाने कैसे वह पोटली खुल गई और उसमें के कुछ हिस्से मुझसे आ-आकर टकरा रहे हैं। कोई एक छोटा-सा पुरज़ा कितना भयंकर होता है, यह मैंने उस खत को देखकर ही जाना। सन्देह भी हुआ कि कहीं कोई बदमाशी ही न हो, लेकिन सारे नाम इतने सही थे कि क्या कहूं। एनी को सामने खड़ी देख मैंने खुद को संतुलित कर लिया। धीरे से खत पढ़ा—'पापा, यदि यह खत आप तक पहुंचता है तो इस सम्बोधन से आप इनकार नहीं कर सकेंगे। मैं सीमान्त हूं, आपका बेटा। मां पिछले दिनों नहीं रहीं और उन्होंने बाकी जीवन कैसे बिताया, यह मैं नहीं जानता। मैंने बी० ए० कर लिया है और आपकी जानकारी के लिए लिख दूं कि जितने रंगीन बुश्शर्ट आपने नहीं पहने होंगे, मैं पहनता हूं। हिचहाइकिंग के लिए निकला हूं। बाकी परिचय आपको वहां आकर ही दूंगा। यह पता मां मरने से पहले मुझे दे गई हैं। पता नहीं कौन दार्जिलिंग गया था और आपको पहचान गया था। आपने उससे साफ कहा था कि मैं वह नहीं हूं, राबर्ट हूं। यह सुनकर मां रोई-धोई नहीं थीं, क्योंकि इससे पहले ही यह मान लिया गया था कि आपकी मृत्यु हो चुकी है। मैंने जब से होश संभाला, हमेशा यह चाहता रहा कि एक बार आपको देखूं। मैं पच्चीस को कुर्सियांग पहुंचूंगा और आपसे मिलूंगा। आप हुए तो अच्छा, नहीं हुए तो घूमघामकर लौट आऊंगा।'

खत पढ़ने को तो पढ़ गया, लेकिन जाने कैसा-कैसा लगा। क्या यह सही है कि कोई कहीं मेरा पुत्र है और वह तीसेक साल का है? कहीं कोई जगह है, जहां मेरी मृत्यु वर्षों पूर्व हो चुकी है? क्या वे सब लोग कहीं न कहीं हैं, जो मेरे मित्र थे, जो मेरे अपने थे...उनमें से कुछ नहीं रहे, जो बच्चे थे, वे जवान हो गए...?

'कोई खास खत है फादर?' एनी पूछ बैठी थी।

'नहीं, नहीं तो बेटे—' शायद मन में यह भी आया कि सीमान्त के सामने नाटक कर जाऊं कि मैं वह नहीं हूं, लेकिन अगर वह कुछ बोलने लगा तो ज़बरदस्ती स्कल में मेरे उस जीवन के बारे में कई बातें प्रचारित हो जाएंगी। बेहतर यह है कि उसे आने दिया जाए और उससे कह दूं कि वह बात को छिपाकर रखे...।

'कोई बात है तो फादर...'

मैंने खत को मोड़कर जेब में रख लिया और धीरे से बोला, 'बात यह है बेटे कि सोच में पड़ गया मैं। तुम जब बहुत छोटी थीं तो इसी स्कूल में एक लड़का पढ़ता था। मैं तो भूल-भाल गया, लेकिन इसमें लिखा है कि वह मुझे जानता है और मेरे दर्शन करना चाहता है।' मैं ठीक-ठीक वाक्य बोल पाया था, 'अब लड़का भी अजीब है। वह तो बड़ा भी हो गया होगा, उसकी उम्र कोई पच्चीस-तीस होगी। मैं तो उसे पहचान भी नहीं पाऊंगा।'

'उसमें तो कोई दिक्कत नहीं होनी चाहिए फादर! आप न पहचानें, वह तो पहचान लेगा।'

'बेटे, तब मेरी दाढ़ी काली थी। अब सफेद है। तब मैं खासा जवान लगता था, अब बूढ़ा हो गया हूं...'

'आप बुरा ना मानें, मैंने बरसों से आपको इतना एक जैसा देखा है कि कहीं कोई चेंज ही नहीं। मैं तो आपको अगले जन्म में भी पहचान जाऊंगी...'

घण्टी बजी थी और बच्चों का शोर कमरों में घुस गया था। एनी ने उठते हुए कहा, 'मैं होस्टल में ठहरने का इन्तज़ाम करवाऊं?'

मैंने घबराकर उत्तर दिया, 'नहीं, वह मेरे साथ ही ठहर जाएगा...'

एनी सामने से चली गई तो मैंने खत को निकाला और उसे फाड़ डाला। खूब छोटे-छोटे टुकड़े करके ढलान के रेलिंग से सारे टुकड़े नीचे फेंक दिए। कहीं वह खत कोई देख ले तो ठीक नहीं होगा।

पीठ टिकाकर बैठा तो बहुत पहले का अपना घर याद आया। यही सीमान्त छोटा था और आंगन में दौड़ता-फिरता था। कोर्टयार्ड में उगे पौधे दौड़-दौड़कर नोचता था। बालकनी में रखे घोड़े पर हुमक-हुमककर किलकारियां मारता था। इसे जब भी मिठाई खरीदवाने जाता, यह सारे मोहल्ले के लिए चाकलेट खरीदकर लाता।... बस, और कुछ याद नहीं। मैं केवल मां का एकाध वाक्य याद कर सकता हूं—'बेटे, तुझपर ही गया है यह...।' सोचते-सोचते मेरी आंखें मुंद गईं। तभी हम अलग हो गए थे। इस समर्थ ढंग से अलग हुए थे कि नारी, पुरुष, दाम्पत्य, विच्छेद, परिवार—सारे शब्दों की परिभाषा बदल गई। इतना बूढ़ा होकर अब अपने जीवन के पचास-साठ वर्षों को फैलाकर मैं यह टिप्पणी दे सकता हूं कि बार-बार जन्म लेने की मेरी आदत ही पड़ गई है। शायद कारण यह है कि मैं जीवन के किसी भी टुकड़े को तोड़ सकता हूं, मैंने रुक-रुककर अपने शरीर पर उभरी हुई गिल्टियां तोड़ी हैं।

शायद यह झूठ है कि मैं अपने बेटे को भूल गया था। उसकी याद हमेशा मुझे आती रही है और पितापन को मैंने कोसा भी है कि जिसे हम जन्म दें, जिसे हाथ थाम चलना सिखाएं, उसके प्रति आखिर कितने-कितने निर्मम हो सकते हैं! लेकिन मैं कमजोर कभी नहीं पड़ा। एक सही बात को निभाने के लिए ब्याज में मिली गलत बातों को मैंने कभी नहीं निभाया। फिर उसके बाद कई दिनों तक अपने इस बेटे का एक फोटो अपने पास रखता रहा था। उसकी एक जन्मतिथि पर मैं उसे चिड़ियाघर ले गया था और याद है मुझे कि मैंने उस दिन महसूस किया था, पत्नियां रिप्लेस हो सकती हैं, लेकिन खून के रिश्ते रिप्लेस नहीं होते...। फिर एक दिन और आया कि अपने छोटे-से बेटे का माथा चूमकर मैंने कोर्ट से हार मान ली थी—'ठीक है, मैं इसे हारा।' मेरे मन में तब यह भावना कतई नहीं थी कि इसे कभी देख भी पाऊंगा। शायद एनी को बड़ा करते हुए अपने पितापन की रक्षा की है मैंने। फिर एक बार और घर बसाया तो

पहले पानी में ही वह बह गया। तब मैं संन्यासी हो गया था। संन्यासी इस अर्थ में कि मैंने घर को किसी चारपाई की तरह अपने जीवन में से उठाकर बाहर रख दिया था। फिर मौसम से हारकर एक शाम यह तय किया था—'कल सुबह किसीसे भी मैं यह कह दूंगा कि उससे शादी करना चाहता हूं और मैं एक बैल की तरह जीवन जीऊंगा...।' कह भी दिया था, लेकिन वह बहुत शालीन ढंग से मुस्कराई और बोली थी—'कभी आईने में अपनी शक्ल भी देखी है? मैं चुप रहा तो फिर वही बोली थी—'यह नहीं कह रही हूं कि आप अच्छे नहीं लगते लेकिन आईने में आपके अन्दर का गैरज़िम्मेदार पिता, पत्नियों को धोखा देने वाला पति, चाहे जिससे शादी का प्रस्ताव कर देने वाला प्रेमी, निराश होकर कहीं चले जाने वाला भगोड़ा, अपनी शक्ल को अपने ही हाथों से बिगाड़कर उसपर थूकने वाला बुज़दिल नहीं दिखेगा क्या...?' वह बहुत अच्छी लड़की थी—पढ़ी-लिखी, हर बात को दिमाग से जीने वाली, उज्ज्वल भविष्य जिसके हाथ में...।

उस दिन भी मैंने सीमान्त को बहुत याद किया था। वैसे ही अपनी आदत के अनुसार कंधे पर झोला टांगा था और निकल पड़ा था। शायद पहाड़ घूमकर लौट आता लेकिन कुर्सियांग ने मुझे बंद कर लिया। यह अब कह सकता हूं कि अपने अन्दर के असफल पति के लिए कभी मैंने कुछ नहीं किया, मैंने कभी नहीं चाहा कि उस असफलता को बैलेन्स कर दूं। मैंने अपने अन्दर के परास्त प्रेमी के लिए भी कभी कुछ नहीं किया, क्योंकि परास्त रहने का सन्तोष मुझे बड़ा सन्तोष लगा है, लेकिन मेरे अन्दर जो एक गैर-ज़िम्मेदार पिता है, उसके लिए मैं हमेशा रोता रहा हूं। एनी का जीवन किसी भी शर्त पर सुखी रहे...यह भावना मेरे अन्दर के उस व्यक्ति की भावना है, जो अपनी सारी जवानी इस-उस पिता से हार खाता रहा और पिता नाम की संस्था को उलट देने में जो असफल रहा। शायद यही कारण है कि कोई पिता नहीं कर सकता, वह मैं करना चाहता हूं।

नौ

शायद दस बजे का समय था। कुर्सियांग में बीच बाज़ार से ट्रेन गुज़रती है और मैं अपना चोगा पहने कूबड़ वाली स्टिक हाथ में लिए टहल रहा था। साग-सब्जी वाले भी मुझे जानते हैं। एक ने पूछा ही, 'कहीं जा रहे हैं फादर?' मैंने मना किया तो उसने एक ठोंगा जर्दालू मेरे लाख ना कहने पर भी दे दिए। मैं स्टेशन के हाते में ही एक कोने में खड़ा हो गया। चेकर से मैंने पूछा था, 'ट्रेन का टाइम क्या है?' वह बोला था, 'बस, पांच मिनट और हैं, लेकिन चार पार्ट्स में आ रही है ट्रेन।...' जीवन में कभी इसी टुकड़े-टुकड़े चलती ट्रेन से मैंने भी यात्रा की है और अपने कटे-बंटे जीवन की मनःस्थिति में उसके टुकड़े बड़े अच्छे लगे हैं।"

सहसा पहला टुकड़ा आ गया था। उसमें से एन० सी० सी० के कुछ लड़के उतरे और वह टुकड़ा चला भी गया। मैं सोचता रहा, सीमान्त होगा कैसा। बचपन में वह मुझ जैसा ही दुबला-पतला था, शायद अब मोटा हो गया हो। कौन जाने चश्मा लगाता है या नहीं। यह तो स्पष्ट है कि पैंट-बुशर्ट पहने हो, लेकिन इन सरदी के दिनों में कपड़ों की शैली एक जैसी चल नहीं पाती। कौन जाने सामने आने पर वह पुराने ढंग से मेरे पैर छू ले, या यह सब वह न ही करे, तपाक से हाथ ही मिला ले! जो भी हो, मुझे यहीं उसे बता देना होगा कि वह स्कूल और चर्च में यह नहीं कहे कि वह मेरा बेटा है। उससे तरह-तरह के सवाल सामने आएंगे और जिस जीवन को मैं भूल गया हूं, उसे फिजूल ही याद करना होगा। दूसरा टुकड़ा भी आ गया। उसमें से कोई उतरा ही नहीं। जितने यात्री थे, सब दार्जिलिंग के। वहां टहलते हुए यह भी मन में आया कि कौन मुसीबत में पड़े। वह अगर आएगा ही तो ढूंढ़ लेगा मुझे, लेकिन इससे वह कई जगह पूछेगा और शायद कह भी दे कि मैं उनका पुत्र हूं।

मैं सोचने लगा, अगर मैं इस तरह भागता नहीं तो शायद नक्शा कुछ

और ही होता। हो सकता था, जैसे उस पत्नी से यह बेटा है, वैसे ही दूसरी पत्नी से भी एक और बेटा होता या यह तो है ही कि लगातार मुझे सन्तुलन बनाने में लगा रहना होता। तीस साल में मैं जितना सोच पाया हूं, शायद नहीं सोच पाता। अगले टुकड़े को आते देख मैंने चेहरा पोंछ लिया और तय किया, जो हुआ सो हुआ, यह ज़रूरी है कि अब मैं पिता की तरह बिहेव करूं...।

उस भीड़ में एक लड़का उतरा। मोटी फ्रेम का चश्मा जैसा मैं लगाता था, बातिक का ढीला बुश्शर्ट और काला पुलोवर, हल्के-नीले रंग की जीन्स और कन्ध पर बड़ा-सा झोला, हाथ में एक छोटी-सी अटैची। मैंने उसे देखा—खूब दुबली ऊंचाई और उतनी तीखापन लिए चेहरा।

मैं वैसा ही खड़ा रहा। सोचता रहा कि खुद जाकर पूछना ठीक नहीं होगा। उसे जब मालूम है कि मैं ईसाई हो गया हूं तो इस चोगे को देख वह पहचान ही लेगा। सच कहूं, अगर मैं उस पत्नी को देखता बरसों बाद जिससे तलाक ले चुका तो मुझपर कुछ बीतता नहीं, शायद मैं औपचारिक सेहतपुर्सी भी कर सकता था, या उस लड़की से मिलता जो मेरे सपनों पर छाई हुई थी तो भी कुछ नहीं होता, ठण्डे पानी में पैर डुबाते जैसे तापमान बदलने से अटपटा लगता है, कुछ वैसा ही लगता और कुछ नहीं।...लेकिन उस लड़के को देखकर जो मेरा बेटा है, जिसे मैं बरसों बाद देख रहा हूं, जो मैंने महसूस किया, वह ऐसा ही था जैसे लम्बी सज़ा के बाद नेकचलनी का बांड भरकर मैं जेल से बाहर आया हूं और मेरी परीक्षा का समय है कि मैं कैसे तो बात करता हूं और कैसे चलता-फिरता हूं।

...व्यक्ति रूप से कोई परेशानी नहीं, लेकिन पिता-रूप में उस जवान लड़के को फेस करने की हिम्मत नहीं हुई।

'आप फादर राबर्ट हैं...' वह बिलकुल मेरे पास आकर बोला था। मैंने उसे देखा भर। जाने क्या हुआ कि मैं उससे आंख नहीं मिला सका, केवल चलने लगा और धीरे से बोला, 'आओ।'

सीमान्त ने किसी तरह का अभिवादन नहीं किया। वह कतई भावुक भी नहीं था। जैसे किसी स्टेशन के बारे में पूछा जा सकता है कि फलां जगह है क्या, वैसे ही उसने पूछा था मेरा नाम।

बाज़ार में से गुज़र रहे थे हम। उसके साथ चलते अजीब तरह की निर्जीवता मुझमें आ गई। रास्ते में कुछ बोल तो सकता था, लेकिन सोचा कि अभी न बोलूं तो ही भला है। इसे कुछ समझाना भी है कि वह वहां मुझे पिता न कहे, लेकिन मुझसे कुछ कहा नहीं गया। बारीक पगडण्डी पर मैं आगे था। घूमकर देखा मैंने, उसने सिगरेट निकाल ली थी और जेब में से लाइटर निकाल उसे जला-रहा था। मुझे भी याद है अपनी इस उम्र के दिन, जब मैं अपने पिता के सामने कभी सिगरेट नहीं पी सका। घर ने जो कुछ सिखाया था, वह सिर पर चढ़कर बोलता रहा। जमाने-भर का विद्रोह मुझमें था, लेकिन अपने मां-बाप से घृणा करते हुए भी इतना बोल्ड कभी नहीं हो पाया कि पिता के साथ चलते हुए सिगरेट जला लूं। उसके धुएं की एक लकीर मुझ तक आ गई और मन ही मन मैं एक अद्भुत प्रसन्नता से भर गया कि बेटा ही नया नहीं है पिता के रूप में मैं भी एक अलग पिता हूं। पिता की वह दहशत-भरीतसवीर कि जिसे देखकर डर लगे, ऊंचे से गिरी थी और टुकड़े-टुकड़े हो गई थी। मैंने हाथ आगे बढ़ाकर फटकी खोली थी और पहला निकट वाक्य उससे बोला था, 'आओ बेटे! तुम तो खासे बड़े हो गए...।'

वह मुस्कराया और उसी सिगरेट से दूसरी सिगरेट जलाता बोला, 'आप सिगरेट लेंगे..."

'तुम पियो बेटे!' मैंने धीरे से कहा था। और लपचो को कॉफी लाने के लिए पुकारा था। सीमान्त उठा और उस लिटिल हट के कोने-कोने में घूम आया। मेरे कमरे में एक बीमार पलंग और दवाइयों की अलमारी थी। पास की स्टडी में किताबें थीं, एक मेज़ और दो-तीन कुर्सियां...एनी का कमरा खाली था, जिसकी एक खिड़की से पहाड़ दिखते थे और जिसका एक दरवाज़ा बाहर के लॉन में खुलता था। लपचो ने सीमान्त का सारा सामान

वहीं रख दिया।

कैसी अजीब बात है कि तीस साल में सीमान्त पहला मेहमान था। रेवरेण्ड फादर थे सो उन्हें मरे बरसों हो गए, एनी साथ रहती थी तो वह होस्टल चली गई। एक लपचो है और एक मैं—दो बूढ़े रहते हैं इस घर में, जिसमें कफ थूकने के उगालदान, रात को हाजत के लिए कमोड, झुकी पीठ वाली आरामकुर्सियां और सूली पर लटके हुए ईसा के अलावा और कुछ है ही नहीं...।

एनी ठीक ही कहती है कि लपचो ने मुझे बूढ़ा बनाया है और सारे घर की ऐसी कूबड़ निकली हुई है कि लगता है, इस घर में दो नहीं, दस-दस बूढ़े रहते हैं।

कॉफी जब सामने आई सो सीमान्त से बात हुई, 'तुम्हें पहचानने में मुझे देर नहीं लगी।'

'मैंने मां के पास आपकी तसवीर देखी थी। मुझे खुद आश्चर्य है कि मेरा चेहरा आपको उस तसवीर से बहुत मिलता-जुलता है।'

'उसे कुछ हो गया था?'

'प्ल्यूरसी थी, वही बढ़ती रही। वैसे मां खासी बूढ़ी हो गई थीं—सारे बाल सफेद और झक्कियों की तरह बड़बड़ाया करती थीं। मैं तो खुद चाहता था कि वह मर जाएं तो उनकी आत्मा को शान्ति मिले...'

वह इतने सहज यह वाक्य बोला था कि मैं चौंक गया। केवल उसकी तरफ एक बार देखा और कॉफी पीने लगा। मुझे उस समय ही अपने संस्कार मालूम हुए कि मां के प्रति ऐसे वाक्य मैं कभी नहीं बोल पाया जब कि मेरी मां मेरी सारी तकदीर पर एक काला धब्बा बनी रहीं...।

'लेकिन मां ने कभी आपको याद नहीं किया। नौकरी करती थीं और ठाठ से ज़िन्दा रहती थीं। मैंने तो खुद कई बार कहा कि शादी कर लें, क्यों ज़बरदस्ती अकेली रहती हैं...'

अपने बेटे की तरफ मैं देखता ही रह गया। मैं अपने-आपको बड़ा

बोल्ड समझ रहा था, लेकिन उसकी बातें सुनकर यह लगा कि मैं अपने बेटे से बात नहीं कर रहा हूं, शायद यह और कोई ज़बरदस्त आदमी है...

'तुम क्या करते हो वैसे? एजूकेशन पूरा हो गया?'

'हां, हो ही गया। बी०ए० कर लिया है, लेकिन पढ़ना तो वक्त का वेस्टेज है। अभी तो घूम रहा हूं। मां के बाद कोई रहा नहीं, जिसकी परवाह की जाए और इस ज़िन्दगी में ज़्यादा मज़ा है...।' वह ठठाकर हंसा भी। इतनी ज़ोर से मैं शायद सारे जीवन में एक बार भी नहीं हंसा। मैं पहले तो सोच रहा था कि इससे कह दूंगा कि यह आपस के यानी पिता-पुत्र के रिश्ते की बात यहां न कहे, लेकिन उसके दो-चार वाक्य सुनकर ही डर गया। पता नहीं मेरी उस तरह की बात सुनकर यह क्या कह बैठे...।

'लेकिन आप तो पूरे पादरी हो गए। मां ने जो तसवीर बतलाई थी, उससे बिलकुल नहीं मिलते। वे तो कभी-कभी कहती थीं कि आप बड़े रोमाण्टिक आदमी हैं। मां ने एक बार आपके लवअफेयर के बारे में भी बतलाया था।...'

वह बोलता जा रहा था, लेकिन मैं प्याला नीचे रख दिया। वह कुछ ऐसे याराना अन्दाज़ में मुझसे बात करने लगा था कि मैं घबराने लगा।

'यह सब आपको अच्छा लगता है या आप इसे ढो रहे हैं...?' उसने सीधे मुझसे प्रश्न किया था। अगर मैं कहता हूं कि यह सब अच्छा लगता है तो शायद सीमान्त को भरोसा नहीं होगा और अगर कहता हूं कि ढो रहा हूं तो यह वाक्य बोलना अपने-आपके साथ ज़्यादती होगी।

'बात यह है सीमान्त कि मेरी ज़िन्दगी में हज़ार घटनाएं हो चकी हैं....' मैं बहत सधे हुए वाक्य बोल रहा था, 'और उन घटनाओं ने ही...'

उसने मुझे बीच में रोक दिया, 'अगर मुझे जो मालूम है, वह सही है तो ऐसी कोई बात नहीं हुई, जिससे इतना परेशान हुआ जाए। आप मां को

पसन्द नहीं करते थे तो यह कोई बड़ी बात तो है नहीं और पत्नी से अलग होना एक साधारण बात है...' वह थोड़ा रुक गया, 'क्या आपने बाद में कोई शादी की थी या वैसे ही...'

'वैसे ही क्या?'

उसे मेरे प्रश्न का उत्तर देने में कोई संकोच नहीं हुआ, बोला, 'यानी वैसे ही किसीको रख लिया हो...लेकिन अब तो आप खासे बूढ़ हो गए...'

मैंने चुप रहना ही उचित समझा, क्योंकि उसकी दृष्टि से मेरे जीवन की कोई भी बात ऐसी थी ही नहीं कि मैं घर से भागता और कुर्सियांग आता..। शायद बुढ़ापे ने मुझे यह सोचने के लिए मजबूर कर दिया कि ज़माना कितना बदल गया है। सीमान्त के सामने मैं किसी भी आम आदमी की तरह हूं। मां के बारे में यह ऐसे कुछ बोलता जा रहा है, जैसे उससे भी इसका कोई सम्बन्ध नहीं रहा हो।

बात को बदलने की गरज़ से ही मैंने पूछा, 'इधर कैसे आ निकले या सोचकर ही यहां आए हो?'

'मेरा एक दोस्त स्मगलर है और वह अफीम लेकर नेपाल जा रहा था, उसकी गाड़ी में आ गया। उसकी गाड़ी बर्दवान में पकड़ ली गई। पकड़ा मैं भी जाता, लेकिन छुट भागा। मैंने कलकत्ता से लिखा आपको खत। कलकत्ते में तो आप भी रहे हैं, बड़ा प्यारा शहर है...'

मैं सीमान्त की तरफ देखता ही रह गया। मुझे यह समझ न पड़ा कि इसकी किस बात को सुनूं, किस बात के लिए जिज्ञासा प्रकट करूं और किस बात के लिए दुखी होऊं। मैं कुछ बोलना चाहता था, लेकिन वह उठ खड़ा हुआ और टहलने लगा।

खिड़की से बाहर दिखते तीन देवदारों पर उसकी नज़र थी, 'हाय पापा, यह जगह बहुत बढ़िया है...'

उसका वाक्य पूरा हुआ था कि एनी आ गई। एक क्षण को चौंक गया कि यह देवदार को देखकर शायद हाय नहीं बोला था, एनी को देखकर

बोला था...वह एनी की तरफ देखने लगा कि एनी ने मेरी तरफ देखकर कहा, 'ये ही हैं सीमान्त? क्या इन्हींके लिए कहा था आपने फादर कि ये आपके स्टुडेण्ट रहे हैं?'

सीमान्त ने आगे बढ़कर एनी से हाथ मिलाया। मैंने देखा कि सीमान्त के व्यवहार से वह खुद चौंक गई थी, क्योंकि इतनी बदतमीजी से उसने हाथ मसला था कि वह ऊपर से मुस्कराई ज़रूर, लेकिन उसे अच्छा नहीं लगा। मेरा चेहरा ज़रा देर को तन गया। लेकिन उस क्रोध के साथ ही मेरे मन में यह डर उभर आया कि कहीं सीमान्त कह न दे कि मैं इनका विद्यार्थी नहीं हूं, पुत्र हूं।...मैं घबराकर बोला था, 'हां एनी, इसीके बारे में बोला था।'

'जी,' सीमान्त महाराजा मुद्रा में आदाब बजाता एनी से बोला, 'जी, मैं इनका बटा हूं।'

मैंने घबराकर फिर कहा, 'और सीमान्त, यह एनी मेरी बेटी है।'

वह उसी अन्दाज़ में बोला, 'आप तो जगत्-पिता हैं, सारी दुनिया आपकी सन्तानों से भरी पड़ी है।...'

एनी उसका यह वाक्य सुनकर हंस दी। उसे व्यंग्य अच्छा लगा था और मेरा संकट टल गया था, सो मैं भी हंस दिया।

बाहर कुर्सियां लगवाई गई थीं और हम तीनों बैठे थे। वहां वैसे बैठने में मुझे बड़ा आराम मिला। अपने ही बच्चों के बीच में बैठकर जो सुख पाया जाता है, उसे पहली बार मैंने अनुभव किया था। मुझे यह भी लगा कि अगर सीमान्त यहीं रहना चाहे तो शायद मेरे अन्दर के गैर-ज़िम्मेदार पिता को प्रायश्चित्त के बाद का सुख मिल सकता है।

'आप यहां पढ़ाती हैं?' सीमान्त ने पूछा था, 'लेकिन आप लगती नहीं कि कुछ पढ़ा भी सकती हैं...'

एनी प्रश्न से कुछ घबराई, 'मैं बचपन से फादर के पास में हूं और यहां के सारे काम मेरे काम हैं...'

'बात यह है सीमान्त कि एनी को मैंने बड़ा किया है। इसकी कहानी

सब जानते हैं। फादर रेवरेण्ड को यह रास्ते में मिली थी और पता ही नहीं कि इसके मां-बाप कौन हैं, लेकिन मां-बाप के होने से कुछ नहीं होता है...'

'मैं इस बात से सहमत हूं।' सीमान्त मेरी तरफ देखकर बोला, 'मेरे साथ भी यही हुआ एनी! आपके पैरेण्ट्स हैं नहीं और मेरे हैं...ये दोनों एक जैसी ही बातें हैं...'

मैं सहसा खिच गया। उसने स्पष्ट ही मुझपर प्रहार किया था; लेकिन वाक्य को सुनते यह लगा भी कि वह ठीक वाक्य बोला था। मैं नहीं जानता कि सीमान्त कैसे बड़ा हुआ है...किसने इसके स्कूल की फीस दी है, किसने इसके लिए कपड़े सिलवाए हैं, किसने इसके बीमार होने पर डाक्टर बुलाया है।

मैं सामने देख रहा था, लेकिन सब कुछ बार-बार धुंधला होता जा रहा था। शायद एनी बोली थी, 'हम दोनों सायकोलाजिकल केस हैं, लेकिन कई बार बुरा भी लगता है कि पिता होते...'

'अरे हटाइए, पिता-फिता से कुछ नहीं होता। और एक भार सिर पर रहता है। अब मुझ देखिए, क्या फरक पड़ता है कि मेरे पिता हैं या वह देवदार का पेड़ मेरा पिता है...' बात सुनकर एनी ज़ोर से हंसी थी। मैं धीरे से उठा था कि स्कूल तक हो आऊं। उठना वाजिब था कि उन दोनों का विषय मैं था और उठ जाना ही ठीक लगा।...

वे दोनों वहीं बैठे थे और मैं पगडण्डी पर से नीचे उतरते प्रार्थना करने लगा था—'सच, पिता के प्रति जो सीमान्त ने कहा, वह ठीक ही है... देवदार के पेड़ और पिता में क्या फर्क है...उसके अपने अनुभव से निकली हुई पंक्ति है। यह मेरा अपना विकास भी तो ऐसे ही हुआ है। जो मेरे पिता थे—साहित्य-संस्कृति और संस्कारों के डंसे हए, मुझे उन्होंने घोंट-घोंटकर ऐसी बातें सिखाई थीं कि अपने विद्रोह के कारण और तर्क के या अनुभव के कसैलेपन से मैं नहीं भागा था, मैंने उन सब संस्कारों से बोर होकर एकदम

रस्सी तुड़ा ली थी...।' चलते-चलते छोटी-सी ठोकर लगी थी और मैं अपने आपसे बोला था कि कहीं प्रार्थना बिखर नहीं जाए—मेरे पिता ने एक तरह से मुझे बधिया कर दिया था। अगर मैं सीमान्त की तरह आज़ाद रह पाता तो शायद मैं कुछ और ही होता या एनी की तरह कोई स्थानापन्न पिता मुझे मिलता तो शायद जीवन में से बहुत सारी भावुकता यूं ही कट जाती...। जो लगता है, वह यह कि वे दोनों जो वहां बैठे हैं और पिता का जो मज़ाक उड़ा रहे हैं, वह सही है। याद आता है, मेरे पिता ने मेरी आजाद तबीयत को देखकर कहा था, 'मेरी इच्छा के खिलाफ गए तो टांग तोड़ दूंगा।' मेरी पत्नी के पिता ने कहा, 'इतना आसान नहीं है मुकदमे की गिरफ्त में से निकल भागना...।' मेरी प्रेमिका के पिता ने कहा, 'कुत्ते की औलाद, तेरा खून कर दूंगा...।' ये कौन हैं, ये अलग-अलग नहीं हैं, यह कोई एक ही पिता है, जो मुझे धमकी दिए जा रहा है। उस दशरथ के लिए वचन बड़ा हो गया था और अपना पुत्र छोटा...मैं किसी भी पुत्र के रूप में जब अपने को देखता हूं और अपने पिता के कारण खण्डहरों में बैठे अपने अकेले भविष्य की तसवीर सामने आती है तो इतना बूढ़ा हो जाने पर भी एक ही तबीयत होती है कि किसी पिता की हत्या कर दूँ...।

जब स्कूल पहुंचा तो थक गया था। कुर्सी पर बैठकर आंखें मूंद लीं—'मेरे सारे-सारे आशीष सीमान्त और एनी के लिए कि अगर मौका आए तो मैं उन्हें छूट दूं कि ज़रूरत पड़ने पर मेरी हत्या कर दें...मुझे खुद मार डाले जाने में आराम मिलेगा...।' सहसा मैंने सिर झुकाया था और क्रास बनाकर सामने देखा था—ईसा के कंधे पर भारी सलीब था, बहुत भारी...

दस

शाम के खाने की विशेष व्यवस्था की थी मैंने। मन ही मन अपने बेटे से मिलने को सेलिब्रेट भी करता जा रहा था। बाहर लॉन का बल्ब

भी मैंने जला दिया। सामने खिड़की के सारे परदे खींच दिए। लपचो से कहकर खाने की मेज़ कमरे के बीचोबीच लगवा दी। सीमान्त और एनी टहलने गए थे। कुर्सियांग में एक छोटा-सा पार्क है या रेलवे स्टेशन या एक बौद्ध-विहार...। उस दिन लपचो का खाना देखने तीन बार किचन में गया था। सलाद खुद ले बैठा था और प्याज़ छीलने लगा था। वर्षों बाद खाने के बारे में इतना विस्तार से मैंने सोचा था। छिलका उतारते वर्षों पूर्व की एक घटना याद आई थी कि पिता से परास्त होकर मैंने अपनी डायरी में लिखा था—'मुझे खुद पिता बनकर ऐसी स्थिति में से गुजरने का मौका चाहिए, जब मेरा अपना बेटा मुझे दकियानूस समझे और मरी अपनी बेटी अपनी समझ के अनुसार मेरे सुझावों के खिलाफ ऐसा कोई काम करे कि जिस सामाजिक प्रतिष्ठा और सिद्धान्त के लिए मैं पिता के रूप में लड़ूं, उसपर आंच भी आए और मुझे यह महसूस करना पड़े कि जिस पीढ़ी के गले पर मैंने नाखन दिया है, वह नीचतम कृत्य था...।' मुझे पूरा वाक्य ठीक-ठीक याद था और याद इसलिए रहा कि पिता नाम की संस्था का सबसे बड़ा सफरर, रहा हूं मैं और कभी उस पिता-रूप को हरा देने का मौका नहीं मिला मुझे। आज मैं खुद पिता हूं—सीमान्त सारे नयेपन का प्रतिनिधि है और एनी सारी गरमी की प्रतीक। यह भी है कि एनी की शाह वाली ट्रेजेडी के समय एक बदले हुए पिता के रूप में मैं सोच सका था। मैंने हर हालत में यह चाहा है कि एनी खुश रह सके। आज दिन-भर से सीमान्त को देख रहा हूं और यह लगा है कि उसकी कुछ हरकतें अजीब हैं, लेकिन वह मुझसे आगे का है और आज के अनुसार उसकी हर बात जायज़ है। वह खुद भी पिता के शाप भोग चुका है और इस अर्थ में मुझे यह लगता रहा था कि हम तीनों ही परम्परागत पिता के दुश्मन हैं...।

सीमान्त और एनी किसी बात पर हंसते हुए आए थे। एनी ने मेरे हाथ से चाकू ले लिया और बोली थी, 'आज फादर, इतने लतीफे सुने हैं कि पेट

में बल पड़ गए हंसते हुए...' मुझे अच्छा लगा और क्षण-भर को आंखें बन्द कर मैंने प्रार्थना की कि एनी हमेशा ऐसी ही हंसती रहे।

मैंने आंखें खोलकर देखा कि सीमान्त मुझे आवाज़ दे रहा था। उसके पुकारने से एक ऐसी ठण्डक मुझे मिली कि मैं हैरान हो गया।—मेज़ पर देखा तो ज़बान से अनायास वाक्य फूट पड़ा—'यह क्या है...?'

वह बोतल के पेंच दांत से तोड़ता बोला, 'यह खासी अच्छी शराब है पापा! मेरे बैग में थी...'

एनी मेरी तरफ देखती रह गई। सीमान्त ने तीन गिलास सामने शायद रखे तो मुझे बोलना ही पड़ा—'मैं नहीं लेता।'

'आपके बारे में तो सुना था कि खासे पियक्कड़ थे किसी ज़माने में...'

उसका वाक्य सहन से बाहर होने लगा, क्योंकि इस सबसे एनी को ज़बरदस्ती कुछ बातें मालूम हो रही थीं और साथ ही यह भी कि अपने अतीत को फिजूल ही याद करना पड़ रहा था। जैसे वर्षा से पहले आंधी नहीं आती है—खूब काले बादल और तेज़ हवा, ऐसा लगता है कि कहीं रास्ते के पेड़ न उखड़ जाएं, कहीं छत न ढह जाए, कहीं हमारे पर ही जमीन पर से ऊपर न उठ जाएं।

सीमान्त ने मेरी प्रतीक्षा नहीं की। एनी के सामने रखे गिलास को छुलाकर बोला, 'अपने पिता के लिए।'

गिलास टकराने की आवाज़ के साथ ही मैंने देखा था, सीमान्त हब्शी की तरह वह नीट एक घूंट में पी गया था और मुझे अपनी तरफ देखता देख वह बोला था, 'अरे, आपको बुरा तो नहीं लग रहा है, लेकिन बड़ी मुश्किल से मिलता है ऐसा मौका कि बाप-बेटे साथ बैठकर पी सकें। अपने देश में बाप हौवा है। मतलब समझी न एनी कि बाप का नाम सामने आते ही रूह कब्ज़ हो जाती है...अरे पीती क्यों नहीं?'

एनी पशोपेश में थी। यहां यह सब कभी नहीं हुआ और इस सबकी

कमी से ही उसका दम घूटता था। उसने मेरी तरफ देखकर जब सीमान्त को मना किया तो मुझे लगा कि अब बोलना ही चाहिए, 'ले लो बेटी, मैं तुम्हें क्या मना करूं।'

सीमान्त वहशी की तरह चिल्लाया था—'हइया' और उसने गिलास उठाकर एनी के होंठों से लगा दिया था। शायद अपने बच्चों की ऐसी हरकत देख कर पिता के सम्मान में कोताही आ जाती है और यही कारण है कि पिता का रुष्ट और दुष्ट रूप सामने उभर आता है।

'जानती हो एनी, एक हेमलेट था कि पिता से डरता रहा। उसका पिता भूत बनकर उसको डराता रहा...' सीमान्त तीन पैग ले चुका तो खुद हेमलेट हो गया। अपनी आवाज़ में प्रतिध्वनि भरकर बोलने लगा, 'आई एम दाय फादर्स स्पिरिट। मेरे बटे, मेरा खून किया गया और तुझे उससे उसे मोस्ट अननेचरल मर्डर का बदला लेना है...।'

उसकी इस नकल पर एनी खुब ज़ोर से हंसी। उसकी आंखों में लाल डोरे आ गए थे और उसका दायां पैर ज़ोर-ज़ोर से हिल रहा था।

मैं उठकर टहलने लगा। यूं ही खिड़की से बाहर देखने लगा। सीमान्त की तरफ देखते भी डर लगने लगा कि कहीं उसकी जगह मैं ही तो नहीं बैठा हूं—वैसे ही धुंघराले बाल, वैसी ही बात करने की मस्ती, गज़ों में नापकर सारी शराब सिप कर जाने की वैसी ही आदत।

मैं कभी अपने पिता के सामने नहीं पी पाया, लेकिन यह तबीयत हमेशा होती थी कि किसी दिन पूरे नशे में उनका अपमान कर सकूं। हमेशा यह होता रहा है कि मेरी मुट्ठी में मेरा भविष्य आ गया है, लेकिन किसी न किसी पिता ने आकर मेरी मुट्ठी खुलवा दी है—भविष्य के होते हैं पंख, मुट्ठी खुलते ही वह उड़ जाता है और फिर...

सीमान्त गिलास हाथ में लेकर मेरे पास आ गया, 'कभी फादर किसीने आपका खून किया हो तो मुझे बतला जाइए, मैं उसका काम तमाम कर दूंगा, लेकिन भूत बनकर कोई इन्फारमेशन मत देना...'

एनी इस बात पर भी हंसी थी। मैंने सीमान्त की तरफ देखा तो उसने मेरे कन्धे पर हाथ रख दिया। मैंने उसे संभालकर मेज़ तक पहुंचा दिया। लपचो यह सब देखकर चमत्कृत था। वह धीरे-धीरे खाना रख गया। मुझसे कुछ बोला तो मैंने उसे डांट दिया। सीमान्त ने फिर अपने गिलास में ढाली तो मैंने उसका हाथ पकड़ लिया। वह मेरी तरफ देखकर मुस्कराया और बेहद मीठे तरन्नुम में गुनगुनाने लगा। मैंने केवल एक वाक्य कहा, 'यह सब कहां से सीखा सीमान्त...?'

वह उसी तरह खुश चेहरे से बोला, 'यह मेरी हेरेडिटी यानी पैतृक गुण है। मां कहती थी कि तेरे बाप ने इतनी पी और इतनी पीता था कि सात पीढ़ियों तक नशा नहीं उतरने का...'

'तुम्हें चढ़ गई है बेट! मैं तुम्हारा भला चाहने वाले पिता की तरह कह रहा हूं कि अब बस करो।' मेरा वाक्य भीगा हुआ था। सच, ऐसी खूबसूरत उम्र में मैंने आग लगाई है, लेकिन कोई होता तो मुझे मना कर देता। मेरे अन्दर से हूक उठती है कि पूरी जवानी गल गई, लेकिन न किसीने नशे से उठाया, न किसी न मेरे अकेलेपन को तोड़ा। उस एक की तलाश, उस एक मना करने वाले की तलाश...सहसा मैंन सीमान्त का हाथ छोड़ दिया। एनी मेरी स्थिति समझ गई। उसने सीमान्त का हाथ पकड़ा और कहा—'अब नहीं लोगे तुम...।' एनी का वह कहना और सीमान्त का भरे समुद्र-सी आंखों से देखना...ये शायद मेरे अपने दृश्य हैं, जिनकी मैं कल्पना करता रहा और जैसा कभी नहीं हुआ।

सच, सीमान्त ने बोतल छोड़ दी, लेकिन तरन्नुम के बीच मैंने सुना—इतनी मीठी और मार डालने वाली आवाज़—जाने किसका शे'र...मैं छत की तरफ देखने लगा। वह आवाज़—'मुकर जाने का...कातिल ने निराला...ढंग निकाला है...' मैं सीमान्त की तरफ देख रहा था। उसने कई-कई बार पंक्ति को दुहराया। फिर मेरी तरफ देखकर दूसरी पंक्ति पर पहुंचा—'हर एक स पूछता है इ-स-को किसने मार डाला है, इसको

किसने मार डाला है...।'

वह मेज़ पर कुहनिया टिकाकर बैठ गया। मन में से एक तड़प उठी कि उठकर सीमान्त का माथा चूम लूं। अपने सामने मेरा बीता हुआ सब कुछ एक बार उभर आया था। अपने जीवन पर लिखे हुए नाटक को देखना आसान लगता है, लेकिन अपने ही जीवन को हकीकत में अपने ही सामने घटित होते देखना बहुत भारी होता है।

सीमान्त चूर हो गया था। लपचो को मदद से मैंने उसे बिस्तर तक पहुंचाया था। एनी होस्टल खुद ही चली गई थी। जाते समय वह विभोर थी और बोली थी, 'आज खुश हूं मैं। इस सीमान्त का जवाब नहीं... !'

मुझे गम्भीर देख वह चुप हो गई थी। मैंने उसे जाते हुए देखा था। दरवाज़ा खुला छोड़ दूर तक उसे जाते देखता रहा। शायद एनी ने वह पंक्ति छेड़ी थी या कहीं मेरे अन्दर से ही वह बज उठी थी—'का...तिल ने नि...राला ढंग नि...काला है।' वह आवाज़ वैसी लहर की तरह उठ-उठकर टूटती रही, कभी एक शब्द आता, कभी तीन, चार...।

मैंने दरवाज़ा बन्द कर लिया था। अपने ऊपर लिहाफ खींचते ज़ोर से खांसी चली थी—यह सब यह लड़का क्या कर रहा है? अगर यह इसकी रोज़ की ज़िन्दगी है तो कैसे चलेगा? मैं कल सवेरे इसे झिड़कूंगा और साफ कहूंगा कि यह सब वह बन्द कर दे...।

लेकिन मैं उसपर गुस्सा हो कैसे सकता हूं! ऐसे गुस्से का भार तो केवल उस पिता पर है, जो किसी बात को बर्दाश्त नहीं कर सकता।

सहसा मेरे हाथ जुड़ गए थे—मेरी समाप्ति का कारण हाथ से प्याले का छूट गिरना था, लेकिन सीमान्त तो शुरुआत ही इस तरह कर रहा है, जो समाप्ति से भी बदतर है। समाप्त होते हुए जीना और जी नहीं पाने के क्षण समाप्त होना दो अलग-अलग बातें हैं। सिर ढंक लिया था मैंने। मुंह से दांत निकालकर कटोरी में रख दिए थे और बहुत दिनों बाद लगा था कि

नींद आना अब मुश्किल है। सोच रहा था कि मेरी सारी उम्र इस एक बात में ही बीती कि एक वटवृक्ष है और उसकी जानलेवा छांह में से उगकर ऊपर उठना है, लेकिन सीमान्त खुले मैदान में उगा पौधा है। खूब छतनार फैलने की सुविधा उसके हाथ में है। यह सोच कहीं बिखर गया केवल एक विचार से कि एक लम्बी उम्र तक जो लड़ाई मैं लड़ा हूं, वह अर्थहीनथी। फिर एक और विचार ने मुझे बिखरा दिया कि सीमान्त की उम्र में अगर तीस वर्ष जुड़े तो यह क्या हो जाएगा। एक अजीब घबराहट के कारण मैं करवटें बदलता रहा। अन्त में वही हुआ कि मैं हारे हुए आदमी की तरह हाथ जोड़कर फिर कुछ बोलने लगा—'मेरा अन्त, मेरा अन्त है, मैं नहीं चाहता कि सीमान्त के या एनी के जीवन में वैसा कुछ हो। ये कभी भी शर्त पर अपनी इच्छा के अनुसार बढ़ सकें और यह भी कि मैं इनके किसी काम आऊं।'

शायद पहले से तय था। एनी ने आकर बतलाया, 'मैं सीमान्त को दार्जिलिंग दिखा लाती हूं। हम लोग शाम तक लौट आएंगे।'

मैंने खुश होकर कहा, 'ज़रूर जाओ।'

सीमान्त जब तैयार हो गया तो वह खुद ही बोला, 'कल कुछ ज़्यादा हो गई थी क्या? मुझे ख्याल ही नहीं रहा। वैसे पहली बार किसीने हाथ पकड़ा है...'

यह मेरा ही वाक्य था। मेरे लिए वह सपने की तरह रहा, वैसा कभी हुआ नहीं। मैं तड़प-तड़पकर यह चाहता रहा कि कोई हो, जो मेरा हाथ पकड़कर उठा दे और मैं उसका गुलाम हो जाऊं, उसके इशारों पर चलूं। वह जो जैसा कहे, करूं...यह अपेक्षा मेरे जीवन की ट्रेजेडी बनकर रह गई। लड़खड़ाकर गिर पड़ना हो या किसी कुर्सियांग में अपनी आग-ज़िन्दगी को बुझाकर रख देना हो, दोनों ही एक बराबर हैं। वे दोनों जब जाने लगे तो सहसा मैंने रोक दिया उन्हें। अपने दराज में से पांच सौ रुपये निकालकर लाया और सीमान्त को देता बोला—'ये लो। वहां ज़रूरत पड़ेगी।...' ये

रुपये ऐसे ही बचते गए थे और कभी इन्हें खर्च करने की ज़रूरत ही नहीं पड़ी। एनी वैसा ही चूड़ीदार-कुरता पहने थी। कुरते पर कसीदे के सधे हुए तार थे, जिससे उसका शरीर तराश पा गया था। सीमान्त ऐसी सरदी में भी टी-शर्ट पहने था। मैंने सोचा भी कहूं इससे, कुछ साथ में ले ले, लेकिन रुक गया। अब वे दोनों जा रहे हैं तो मैं बार-बार कुछ कहकर क्यों व्यवधान डालूं....।

सूरज ऊपर चढ़ आया था। लपचो ने कॉफी देते कहा, 'क्या फादर, यह आपका बेटा है, लेकिन इसमें आपके कोई गुण नहीं हैं। कहां आप इतने शान्त और कहां वह!'

मैंने लपचो की तरफ देखा तो वह चुप लगा गया। सच ही मुझे देखकर अब कोई नहीं कह सकता कि बीते कल मैं वही था, जो आज सीमान्त है। मेरा जीवन एक किसी अभाव में टूटकर रह गया। मेरी जवानी प्रोस्टेट करने में ही कट गई। जब मैं कुछ कर सकता था तब मुझे वक्त खाने लगा था और जब कुछ कर नहीं सकता तो सामने चर्च है, ऊपर उठता हुआ तीर है। मैंने उस तीर को गौर से देखा था। क्रास की दोनों बांहें टूट गई थीं और वह ठंठ रह गया था। मैं सोचने लगा कि क्रिस्मस पर वहां नया क्रास लगवा देंगे। धूप फैली तो अपना सोचना ही अजीब लगा—हर आदमी नया क्रास लगवा देने की बात सोचता है, यह कोई नहीं सोचता कि क्रास उतरवा दें...। बड़ा आराम मिला फिर यह सोचकर कि मेरे विचारों में सन्तुलन नाम की चीज़ है और मेरा अपना निर्णय था कि पिता का जो क्रास मेरे कंधे पर है, वह मेरे ही कंधे पर रहेगा।

'लपचो!' मैं प्रकट बोला था, 'अगर एनी और सीमान्त शादी कर लें तो? मैं समझता हूं, इन्हें साथ चलते कोई देखे तो जल कर आत्महत्या कर लेगा...' सामने के तीनों देवदार हिले थे और मैंने जाना था कि लपचो वहां है ही नहीं, मैं अपने से ही बात कर रहा था।...

ग्यारह

बहुत रात गए बाहर लॉन की फटकी बजी थी। मैंने खिड़की में से ही झांककर देखा था—वे दोनों लौटे थे। दूर ढलान पर जलते बल्ब का मद्धिम उजेला देवदारों पर गिर रहा था। अन्दर आकर एनी फटकी बन्द करने को झुकी थी। मैंने देखा, सीमान्त ने आगे बढ़ उसे अपने से कस लिया था। एनी शरीर को ढीला छोड़ उससे लगी खड़ी थी। सीमान्त उसे चूमे जा रहा था। वह बोली थी, 'चलो ना...' थका हुआ नहीं लेकिन अन्दर की तृप्ति में से जन्मा हुआ वाक्य। सीमान्त उसे छोड़ ही नहीं रहा था।...मैं खिड़की से हट गया। धीरे से कुण्डी गिरा दी और बिस्तर पर चला गया। उस समय मैं इतना अन्धविश्वासी हो गया था कि वश चलता तो उन दोनों के चुम्बनों पर दिठौना लगा देता। खिड़की में से उन दोनों को प्रसन्न देखते मैंने अपने बेटे को ही खुश नहीं देखा था, एक सेंध मिल गई थी; जहां से तीस साल पहले के अपने सपने को मैं देख पाया था। कोई और पिता होता तो अपनी बेटी का हाथ पकड़कर उसे घर में खींच लाता, कोई और पिता होता तो अपने बेटे की इस जवानी को देख सुलगने लगता...लेकिन मेरी खुशी, सच ही खुशी थी।

देर बाद दरवाज़ा बजा था। सीमान्त अपने कमरे में चला गया था। एनी बिस्तर खींचकर मेरे कमरे में सो गई थी। सीमान्त के मुंह से निकला गुडनाइट मैंने सुना था और एनी के मुंह से कोई विश निकली थी। मैंने लेटे-लेटे ही आशीर्वाद दिया था। यह स्पष्ट हो गया कि सुबह ये दोनों अपनी बात मुझसे कह देंगे। ये दोनों जितने भी खुश हों, असली खुशी तो मुझे थी कि रूढ़ियों के पिता को मैंने चारों खाने चित कर दिया था। रात को खांसते हुए भी मुझे संकोच होने लगा कि ये दोनों मेरी खांसी से परेशान होंगे। युवा लोगों के बीच मैं नहीं आना चाहता। उनके बीच आने का मतलब है व्यर्थ ही अपनी वृद्ध छांह से खिलते हुए फूलों

को रोकना।

सवेरे सीमान्त ने मुझसे कहा, 'दार्जिलिंग खूबसूरत जगह है।'

'और कभी तुम टाइगर हिल जा सको सुबह दम तो सूर्योदय देख सकते हो...'

'वह मैं नहीं देखना चाहता। सूरज तो हर जगह से दिखता है।'

मैं कुछ कहने को था कि चुप रह गया। मेरी अपनी पसन्द किसीकी नापसन्द भी हो सकती है और मैं अपनी कोई बात इनपर थोपना नहीं चाहता। तभी एनी की तरफ देखा था, कुरते पर बने कसीदे के सधे हुए तार मसल गए थे और उसकी आंखों में अजीब-सी थकन थी। कितनी साधारण बात है कि कोई दो एक-दूसरे से लगकर चलना चाहें। उतनी बूढी उम्र में भी मेरे अन्दर से हूक-सी उठी थी और मुझे लगा कि अपने अभावों को अपने से अलग पूरा होते देख मैं चाहे जितना उदार हो जाऊं, ठण्डी सांस छोड़े बगैर नहीं रह सकता।

शायद एनी बोली थी, 'सीमान्त आज जा रहा है। इसे कोई काम है।'

'क्या?' मुझे आश्चर्य हुआ, 'अभी जाने की क्या बात है, मैं समझता हूं, तुम दोनों खुश हो तो यहां रहते...'

एनी ने कहा, 'यह बोल रहा था कि जाना बहुत ज़रूरी है। इसे कोई काम है।'

मैं दोनों की तरफ देख रहा था। मन में स्पष्ट यह आया कि सीमान्त को जाने से पहले एनी से विवाह कर लेने के लिए कह देना ठीक ही होगा। यह इन दोनों के मन की बात है तो मैं खुद भी इस वाक्य को बोल सकता हूं।

सीमान्त ने मेरी तरफ देखा तो मैं प्रतीक्षा करता रहा कि वह ही पहले बोले। जब कुछ नहीं बोला तो मैंने कहा, 'मेरी एक इच्छा है...'

एनी ने उत्सुकता से और सीमान्त ने प्रसन्नता से मेरी तरफ देखा। मैं

स्पष्ट ही बोला, 'बात यह है सीमान्त कि एनी बहुत अकेला महसूस कर रही थी और तुम्हारे यहां आ जाने से इसे अच्छा लगा है।'

'तो मैं और आया करूंगा।' सीमान्त हंसकर बोला। एनी सहसा गम्भीर हो गई। मैंने देखा कि सीमान्त सवेरे उठते ही अपना झोला तैयार कर चुका था।

'आना तो निश्चित ही, लेकिन मैं तो यह चाहता हूं...' मैंने उन दोनों की तरफ प्यार से देखा, 'कि तुम दोनों शादी कर लेते...'

अजीब बात कि मेरा वाक्य पूरा होते ही सीमान्त बोल दिया, 'मैंने कहा था न एनी कि फादर एक अर्थोडाक्स से अधिक कुछ नहीं हैं। ये सारी दुनिया प्यूरीटन है।' जाने क्या सन्दर्भ था कि समझ ही नहीं पाया। वही बोला था—'मेरी शादी हो चकी है फादर और केवल तीन महीने पहले शादी की है और जिससे शादी की है, जिस तरह से की है, उसके सदमे से ही मम्मी मर गई है, लेकिन मुझे उसका दुःख नहीं है। वह एक पैसे वाले की लड़की है और उसके साथ रहने में मेरा लाभ है।'

मेरा चेहरा तन गया। मुझे कल्पना भी नहीं थी कि सीमान्त इस हद तक गुज़रा हुआ होगा। एनी को चुप देख मैं और परेशान हो गया।

'यह तुम बोल रहे हो सीमान्त! तुम अपनी शान समझते हो कि तुमने कोई काम किया और उसके सदमे से मां मर गई...'

'शान नहीं थी, लेकिन अपने रास्ते में आई हुई किसी भी मूर्ख चीज़ को हटा देना मैं जानता हूं और इतना प्रैक्टिकल भी हूं कि कभी भी हाथ आई चीज़ को आसानी से नहीं छोड़ता...'

उसके इन वाक्यों से एक आग-सी लग गई मेरे अन्दर। गैरज़िम्मेदारी और व्यापारी प्रवृत्ति की हद भी होती है।

'मां के बारे में तुम्हारे विचार सुनकर मेरा बुढ़ापा धन्य हो गया।'

'बड़ी तरफदारी कर रहे हैं मां की! उसके जीतेजी उसे फूटी आंखों नहीं देखा। मैंने मां को केवल मूर्ख रुकावट कहा है, लेकिन आपने क्या-क्या

कहा है, यह मैं बोलकर बतला सकता हूं। पापा, जवानी और शराब के अंधे नशे में आपने गज़ब ढाए हैं। ऐसीऐसी करुणा पैदा करवाई है लोगों के मन में कि लोग कहते हैं, हाय, बेचारा दुःख के मारे पादरी हो गया। भाग क्यों आए दुनिया से हुआ क्या था—एक लड़की ने ही दुत्कारा था ना? आपको पापा, जगह-जगह प्रेम-निवेदन करते शर्म नहीं आती थी?' वह बोले जा रहा था और एनी सुने जा रही थी।

'आज मालूम हुआ कि अतीत से कटने का नुस्खा यह है कि अपने ऊपर कोई और चोगा पहन लो...मैं ऐसा नहीं कर सकता। मेरे सामने पूरी ज़िन्दगी पड़ी हुई है फादर! दुनिया इतने वर्षों में बहुत आगे आ गई है। अब कोई प्रेम नहीं करता, अपनी ज़रूरत पूरी करता है और कोई विवाह भी नहीं करता, सौदा करता है...'

एनी को मैं देखता ही रह गया। मैं टहलने लगा था और ऐसा गुस्सा मेरे मन में भर आया था कि कह नहीं सकता।

'देखा एनी'.. सीमान्त बोला था, 'ये हैं तुम्हारे लिटिल फादर, उस असली फादर के भी बाप...'

'ज़बान संभालकर बोलो सीमान्त...'

एनी उठ खड़ी हुई। मैं उसकी तरफ से दुखी हो उठा। लगा कि इसके साथ बहुत बड़ा धोखा हुआ है। दो दिन में इसके मन में जो भी सपने बने होंगे, वे मिट्टी हो गए...। वह जैसे जड़ हो गई थी। यह विवाहित है और इस लड़की के साथ खेलना इसे अच्छा लगा। सहसा मेरा हाथ उठा था, लेकिन सीमान्त झोला कंधे पर टांगे था और दरवाज़े पर पहुंचकर सिगरेट जलाने लगा था। शायद किसी भी पिता की आंख में यह सबसे अधिक बेगैरत दृश्य है कि उसे अपने बेटे की कमीनी हरकत देखनी पड़े...

'लेकिन सीमान्त, तुमने इसे धोखा क्यों दिया...' मैं बहुत जोर से बोला था। एनी को यह दृश्य अच्छा नहीं लगा और कोई बात थी कि एकदम

चली गई।

'मैंने कोई धोखा नहीं दिया...।'

'कल रात मैं देख चुका हूं।'

उसने धुआं मेरे मुंह पर फेंकते हुए कहा, 'तो अच्छा ही लगा होगा...'

मेरा हाथ फिर उठा था, लेकिन उसने मेरा हाथ इतने झटके से फेंका कि मैं धक्का खाकर कुरसी से टकराया और नीचे गिर गया। कुरसी का हत्था मेरे जबड़ों पर लगा था और ऊपर के दांत नीचे गिर गए। मैं कुछ बोल नहीं पाया। सीमान्त ने मुझे उठाना भी ज़रूरी नहीं समझा। उसने सिगरेट नीचे फेंककर बुझाई और बोला, 'मैं बूढ़े आदमी पर हाथ नहीं उठाता। आयम सॉरी कि आप मेरे धक्के से गिर गए हैं...'

उसने एक बार मेरी तरफ देखा और चल दिया। मैं वहां गिरा का गिरा रह गया।

किसी तरह मैं उठा और दांत ठीक किए। लपचो सकते में था। उसे मेरा गिरना समझ नहीं पड़ा सो यही बोला, 'आप नीचे क्यों बैठे हैं फादर...'

मैं उठा और पास की आरामकुरसी पर बैठ तो गया लेकिन सीमान्त से अधिक मुझे एनी का खयाल हो आया। मैं एक शंका से परेशान हो उठा कि कहीं एनी आत्महत्या न कर ले। शाह का नशा उतरा ही था कि यह दूसरी ट्रेजेडी हो गई। मैं एकदम उठा और तेज़-तेज़ चलने लगा। पहले भी किसी ज़माने में मन के निर्णयों के अनुसार तेज़-तेज़ चलता था और चाहे जो कर गुज़रता था। समझ नहीं पड़ रहा था कि एनी का क्या होगा। वह तो यही समझेगी ना कि मैं झूठ बोला। मैंने उसे नहीं बताया कि सीमान्त मेरा पुत्र है।...होस्टल में जाकर देखा कि उसका दरवाज़ा बन्द है। मैंने पुकारा, 'एनी'...घबराकर फिर पुकारा, 'एनी'...मैं दरवाज़ा बजा रहा था और ज़ोर-ज़ोर से पुकार रहा था। अन्दर से आवाज़ आई, 'कोई खास काम फादर...?'

‘हां बेटे, खास काम है, दरवाज़ा खोलो तो...’

उसने दरवाज़ा तो खोला, लेकिन वहीं खड़ी रही। मुझे अन्दर आने के लिए नहीं कहा...

‘देखो बेटे, जो कुछ हुआ, वह एकदम दुखद है। मुझे कभी आशा नहीं थी कि सीमान्त इतना नीच होगा...’

‘तो?’....एनी बेहद ठण्डे से यह बोली।

‘उसने तुम्हें धोखा दिया है...’

‘कोई धोखा नहीं दिया...’एनी सधे हुए शब्द बोली, ‘आपने हमें देखा है तो सुन लीजिए कि उसने मुझे चूमने से पहले सब कह दिया था...और नहीं भी कहता तो क्या था...’

मुझे वह वाक्य सुनना भारी हो गया। मैं तिलमिलाकर बोला, ‘और फिर भी तुम...’

‘जी, फिर भी मैं।’ एनी ने जो कहा, वह मेरे मुंह पर तमाचा था, ‘वह एक अच्छा दोस्त है। शाह भी अच्छा दोस्त था और अभी ज़िन्दगी में जाने कितने अच्छे दोस्तों से मिलना बाकी है...’

‘एनी, जानती हो, इस सब का अर्थ क्या होता है?’ मेरा क्रोध फूट पड़ा था। क्या यह लगातार पुरुष बदलती रहेगी? क्या यह सारी उम्र खिलौना बनी रहेगी... ?

‘यहां नाराज़ होने की ज़रूरत नहीं फादर, यह होस्टल है।...

‘एनी—’ मैं पूरे गुस्से में बोला था, ‘मैं तुम्हारा पिता हूं। क्या मैंने इसी दिन के लिए तुम्हें बड़ा किया था?...’

‘सॉरी फादर! मुझे पिता नहीं चाहिए। इसको मैं रिश्ता नहीं कहती, अंकुश कहती हूं। आपने मुझे बड़ा किया तो मैं आपकी आभारी हूं...’

वाक्य पूरा करने के साथ-साथ एनी ने भड़ से दरवाज़ा बन्द कर लिया था। बर्फ गिरते समय कैसा होता है... कैसे देवदारों की टहनियां सफेद हो जाती हैं...कैसे चाकू-छुरे की तरह हवाएं चलती हैं...कैसे रास्ते बन्द हो जाते

हैं...कैसे आकाश नीचे की तरफ झुकने लगता है...।

बहुत आहिस्ते मैं सीढ़ियां उतरा था। बहुत आहिस्ते मैंने ढलान पार किया था। बहुत आहिस्ते मैं अपने-आपसे बोला, 'मुझे पिता नहीं चाहिए ...' फिर उतने ही आहिस्ते सुना था... शायद ये मेरे अपने वाक्य हैं...।

बारह

वही अन्त मेरे सामने था फिर। चुपचाप अपनी हट को, अपने स्कूल को, अपने चर्च को प्रणाम किया। चुपचाप बहुत सारे चेहरे याद किए थे और प्रार्थना की थी कि किसी भी शर्त पर वे सब खुश रह सकें। दांतों को ठीक से मुंह में रखा तो जबड़े के ऊपर बिखरा खून थूकना पड़ा। हर बार किसी न किसी पिता के कारण असहाय, लेकिन ज़िद्दी बेटे की तरह घर-नौकरी-सम्बन्ध तोड़कर भागा हूं, पर वह स्थिति दूसरी थी कि मैं पिता के रूप में सब कुछ से दूर पूरी तरह परास्त होकर अपनी सन्तान से पिटकर और गालियां सुनकर दूर जा रहा था। लम्बे अन्तराल के बाद एक आंसू भर आया आंख में और धब्बे की तरह फैलने लगा। कुर्सियांग का स्टेशन अपनी ठंडी चहल-पहल लिए धूप के चकत्तों की तरह फैला हुआ था। मैं नहीं जानता था कि कोई ट्रेन आएगी... शायद कोई ट्रेन आए। मैं दाईं तरफ रखी एक बैंच पर बैठ गया और आंखें मूंद लीं। मैं कुछ याद नहीं करना चाहता था, लेकिन जो कुछ हुआ था, वह बार-बार आंखों के सामने आता रहा। बैंच पर सिर टिका लिया मैंने और यह पाया कि मैं सुखी-दुखी कुछ नहीं हूं। व्यक्तिगत रूप से अपने बच्चों का व्यवहार बुरा लगा था। लेकिन जिस पिता को धक्का देकर सीमान्त ने गिरा दिया और जिसे भार समझकर एनी ने साफ-साफ कह दिया कि उसे पिता की ज़रूरत नहीं है – उस पिता का मैं भी दुश्मन रहा हूं। हत्या उसीकी हुई है। मैं स्वयं उस शव को देख रहा हूं, जिसे पहले भी कभी देखा था।

सहसा मैं उठ खड़ा हुआ। स्टेशन की छोटी-सी भीड़ के बीच यह लगा कि मैं बनारस में हूं।

दशाश्वमेध घाट पर—घुटने-घुटने गंगा के बीच खड़ा हूं। पण्डे महाराज ने उंगलियों में कुश से बनी पवित्री पहना दी है। व बोल रहा है—'पिता को जल दो।' मैं अंजलि भर गंगाजल ऊपर उठाता हूं और उसे छोड़ देता हूं। वह फिर बोलता है—'अब अपने पिता के पिता को जल दो...' मै ओख में जल लेकर ठहर जाता हूं। वह अपने श्लोक बोले जा रहा है—'अब अपने पिता के पिता के पिता को जल दो...' तर्पण के बाद उसने कहा था—'अब अपने पिता का ध्यान करो और बोलो कि उनकी आत्मा को शांति मिले, पिता तृप्त हों, पिता प्रसन्न हों।' मेरी आंखों के सामने एक गुर्राता हुआ चेहरा था। हाथ पिता के सामने जोड़े था और मन ही मन बोल रहा था—'मुझे गधा, घोड़ा या चीड़—देवदार बनने से कोई एतराज़ नहीं, चाहे जितने जन्म हों या योनियां बदलनी पड़ें, मैं तैयार हूं, लेकिन पिता नहीं बनना चाहता।' पिता याद आता है तो मेरी मुट्ठियां तन जाती हैं, मेरी आंखों से खून उतरने लगता है।

मैं डगमगाते कदमों से ट्रेन में चढ़ गया था...किसे कहते दोनों हाथ खाली थे। अपने ही अन्दर से पैदा हुआ जल आंखों में उमड़ आया था... लेकिन ध्यान किसका करता, हिन्दुस्तान का कोई एक पिता हो तब तो...